一個工作狂的
休息筆記

四時瑜伽

柯采岑

目錄

序章：體式們

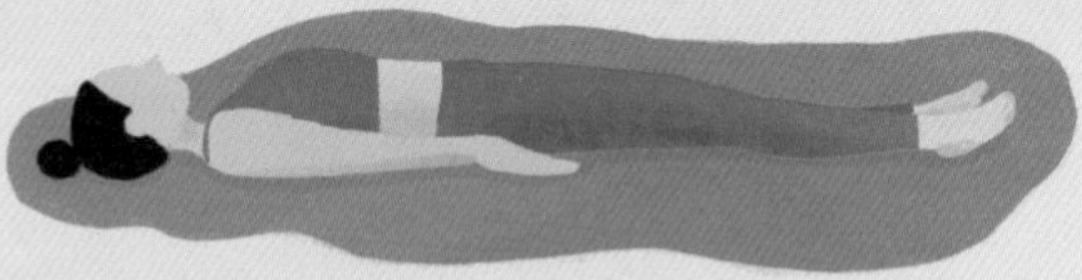

序章：體式們

把瑜伽體式看做，
我們跟這世界交手切磋的方式。

下犬式

下犬式：第一個體式

做瑜伽，經常做下犬式。

下犬式常是第一個體式。

來到瑜伽墊上，四足跪姿起始，深呼一口氣，把自己推到第一個下犬式——雙手扎地、背部下沉、臀部抬高、腳跟踩地，頸部放鬆。下犬式像座標，是Google Maps導航那根小小的、往未知指點的箭頭，指引出力的方向，暗示瑜伽的起始，整副身體像突然想起來，各自也有努力，身體散出淡淡熱氣，停留三到五個呼吸，接著下來，分腿嬰兒式，休息。

老師經常說，不妨感受一下，今天開始，你的第一個下犬式。感受它的形體，感受它的完成，感受它的訊息。

說實話，開始練下犬式，起始感受就是「挫敗」大大二字，寫在背後。

我撐不出那看似「正確」的形體，例如腳底板怎麼也踩不到地，臀部無法再推高，骨盆到底該怎麼前傾，手掌不斷向前滑開，感覺自己像株枝離葉散的植物，根部飄搖，也無法向上找光。

練了一陣子，偶爾依然不得要領。不過每個時期的下犬式，已長得不大相同，像身體長出不同品種的樹——有時手扎不牢，重心不穩；有時手與腳離太遠，臀部出不上力；有時感覺身體易倦過勞，不到五個呼吸，已想下來休息。下犬式有各式變種，反應當時狀態，無論是要水，必須扎根，還是要陽光。

練下犬式的重點，意在覺察，重在比對，你要往哪個方位，再去前進一點。

下犬式，也適合重新思考歸因的路徑——例如，腳底板踩不到地，不見得是腳底板不願踩，也不見得是後腿肌群太緊，因此不要輕易對它們嘔氣，反倒可能是腰椎彈性不夠，難以活動，因此空間受限。身體有一條連線，環環相繫，哪裡緊繃了，另個部位也團結地傳遞訊息。

下犬式是各自出力，卻又全身緊緊相繫的體式。

練習下犬式的時候，我經常想像，如果我是一棵樹——現在的樹形如何？根基是否穩定？枝葉能否生長？而我往後，又想成為什麼樣的一棵樹？於是能夠不斷地，去調整與修正。

是一棵樹，於是無論如何，頭頂都有光照耀，即便在看不到光的時候。

做到後來，更是知道，下犬式是循環的起始與終結，也是我們練習最頻繁的體式，練久了，還是個能夠回去的體式——回去以後，感覺下犬式庇護安全，在體式中便能深深休息。

有這麼一句話是說：「栽一棵樹，有兩個最適合的時間，一個是十年以前，一個則是現在。」下犬式也是一樣的，練習瑜伽也是一樣的。

起始的挫敗感，成就了調整的動力，這樣的意願，會留在你每一個行進之間，讓你記得，你多麼願意，在自己身體之上，去栽養一棵向光生長的樹，見證全然盛開的，枝繁葉茂。

英雄式

英雄式：哪裡軟弱，哪裡就顯剛強

說真的，瑜伽體式中，英雄式有一二三之分，有坐臥之別，還有低頭謙卑的體式變形，我覺得好可愛。就像英雄，本來也不只有一種，千形萬狀，人人都有自己途徑，成就那一段英雄之旅——無論那是圓形的起承轉合、三角形的處處有銳角，還是梯形的溫煦上攀。

但凡全心全意，都是好的。

做瑜伽時，我心有偏愛，那是自然，我偏愛的就是英雄式——英雄式於我，是正面迎擊，準備出發的姿勢，腳底板踩實，手也提氣向上，小女子的英雄姿，是頂天立地，有所承擔，柔能克剛。既能感激回首來時路，也能義無反顧往前踏步。

做英雄式時，我心情愉快，當整間瑜伽教室一起做英雄式，常感覺，那是能夠對外抗敵的力量場，勇氣飽滿，敢於去要，隨時上陣，無論前方有什麼，都不以為懼。不以為懼，也不是完全不怕，而是即便怕了，也想提氣面對，看一看那恐懼。

最常練習的，是英雄式一，雙腳打開，約等於腿長，前腳朝前，前膝蹲，後腳尖與身體呈四十五度角，後腳拉直，腳刀踩滿，感覺雙腿拉成一條直線，骨盆擺正，不傾左不靠右，踏穩以後，接著雙手向頭頂舉高，延伸脊椎，感覺手指尖迎向天際。老師會說，想像你是一只西瓜。這只西瓜剖半，左右施力均等；而英雄式二，則換個角度前進，前膝呈九十度，後腿拉直，髖關節向外展開，雙手平舉，向前後打開，目光朝前手手指尖看。

完成英雄式，感覺力量是美，美很有力量。

剛開始做英雄式，難度在於，得花時間連結自己平日疏於照顧的身體部位，例如手指尖，例如後腳腳刀，該怎麼把訊息送到身體最遠那頭，越過身體丘壑，攀過脊椎，以及該怎麼有效調整，把身體拉到正位。疏於照顧，就是訊息傳送路途，多有險阻，常繞遠路，試過幾次，感覺身體總是竭盡所能的，為我團結一起，努力傳訊。

同時理解到，身體部位強弱有別，有些部位使用多了，要留意別太過依賴；有些地方半生不熟，就開始建立連結。然後老師會這麼提醒，試著呼吸到，你感覺特別緊繃或痠痛的地方，用你的呼吸去照顧。Breathe into the discomfort.

於是我感覺英雄式其實更是——哪裡軟弱，哪裡就顯剛強。

我認為，英雄體式，是你決定如何以內在精神回應外在環境的方式。提氣凝神，撐起自己，連成一線，目光有神，去說明，這就是我，這就是我可以交託的所有。

看起來力量是向外的，但實際的努力，必須向內收斂整隊，集結以自立，時刻也有意願調整。

英雄式肉身的堅持背後，更是鍛鍊內在精神巨大。

在每一次的練習中，一次一次地立起自己，並用這個體式告訴世界，這些都是我了，我正因為世界的變動，調整我如何應對變化。我既是靜止的，也是變動的；我既是完整的，也是可能的。

而身體始終體貼，維護著我們的存在，不曾躲避，不曾離開。

三角式

三角式：帆的道理與海星的道理

起初我是討厭三角式的。

我筋骨硬，下彎易疼，下彎點不在臀髖，經常落在腰背，做三角式得用兩個瑜伽磚做輔具，才勉勉強強撐得起三角式形體，覺得自己東倒西歪，近乎殘缺，於是覺得，三角式就是個，我從起頭就貼標「失敗」的姿勢。

失敗就失敗，不會就不會，硬著頭皮，還繼續做。體式鍛鍊不是零或一百，經常在調整半路，瑜伽常提醒的，就是這樣的道理——你做瑜伽，並不是為了拿一百分。

老師常說，做三角式要注意進入的步驟，是這樣的——雙腿打開大於肩的寬度，先確保雙腿大腿收緊，練習伸直，而不是膝蓋向後頂，理解這邊的細微差距；接著感覺脊椎向前拉長延伸，延伸的重點在於確認自己的中脈位置與左右空間；再將一手插至腰間，身子從髖部再至腰側翻轉，心口朝側邊打開，直到感覺穩定，才將該手伸至上方，眼神溫柔望向天空。

眼神要溫柔哦，不要惡狠狠的，也不要放空。於是我回神，提醒自己收斂那奮力勉強的表情，向天空的手指尖找凝視點。

老師說，來，想像自己是一隻海星。

海星嗎？我動了動手指，想像那是觸角，感覺有浪襲來，不過，頭幾次做，大概更像是只不諳水性的海星，沉到海底窒息。

而三角式是越練越不怕，越練越生滋味樂趣，像海星攤在沙灘懶懶曬著太陽，覺得身體居然能用這樣姿勢保持穩定，雙腿肌肉與手臂相連，姿勢敞開，不覺疲累。感受身體因扭轉而敞開的空間，也像後方生出一堵牆，水來也不怕。

若我是一只海星，那姿勢肯定很自然。

人的身體真是超乎自己想像。許多時候認為做不到，更多時候其實是從未想像。

後來老師做很多比喻，都與大海相關。

例如三角式，不只做海星，也能感覺自己像揚起一張帆，張開手臂，迎風不怕吹，不驚動盪。海風吹來，我依然得靠著瑜伽磚做，只是不再慣性以成功與失敗，度量自己一個體式的完成，不必用是非題來計算自己。

數學課本教過，三角形是最穩固的幾何形狀。做三角式，雙手雙腳齊用，一旦張開，便是給身體穩定能量。我覺得那也是無論如何，你都願意成為自己靠山的意思，若是有風，就順風而行，若是靠海，就迎海而生。

那既是帆的道理，是海星的道理，更是海的道理。

後來常做三角式，更覺舒服補氣——理解手掌平貼放到地上，並不是三角式的硬性追求，做瑜伽更不是為了追求形體相似的實則錯置，不同副身體自有其能與不能、該練與不能練，聆聽身體真正需要，去到那個當下所能成的體式，成為那樣的海星。

並且承諾自己，無論如何，應允做自己靠山，以堅定行路，以溫柔致遠，那是三角式教我的道理。

橋式

有支撐的橋式：解除封印，瑜伽救焦慮

說實話，我是會焦慮的類型，在工作上尤其。因為特別在乎的關係，也自然設高期待，而期待難免未達，就心生焦慮，再對自己嘔氣，接著沮喪。

喏，這便是工作狂的誠實自白。

焦慮，胃裡翻攪，蝴蝶亂竄，表面看上去一臉雲淡風輕，可我會無意識地，不住齧咬自己手指頭。回神低頭，才發現手上坑坑疤疤，全是焦慮過境痕跡。

奇怪，人即便在無意識的時候，卻還是記得傷害自己。想起從前念外文系，某堂文學導讀的老師悠悠地說過，其實人類都有自我毀滅的傾向，稍不注意，可能就往黑暗裡頭鑽。

我知道這是壞習慣，長年改不掉，總是無意識地踩進循環。而夜裡再拿護手乳液，搽指甲縫，奇異於被自己傷害過的，又在漫漫長夜裡再生。手指尖上的薛西佛斯，醒來後，像是從未被傷害過一樣。

練瑜伽以後，心有焦慮之時，我開始長出些方法，例如做深呼吸，深深地吸氣，再深深地吐氣，循環至少三回合，把自己拉回當下現場；也會在空間有餘時，做瑜伽橋式。

通常做橋式，是在瑜伽練習尾聲，比方練完倒立以後，作為修復體式之用。我常在瑜伽老師帶領下，做有支撐的橋式，雙腿打開與臀同寬，膝蓋微曲，放塊瑜伽磚在薦骨下，大腿用瑜伽繩綁緊，胸開，上身放鬆，指頭輕輕鬆開，眼皮緩緩垂下。

當髖部與胸口敞開，感覺像有什麼被長年封印的怨靈竄出；若去指認，會不會發現——那些全都是不被承認的負面情緒與壓力魍魎。

橋式做的，就是解除封印，還你原形。首先要承認，才能獲得自由。

橋式是能平復心情的體式，放鬆緊繃且亂竄不止的腦神經，帶你抵達暴風雨現場的颱風眼中心，那裡風平浪靜，而你是天邊一朵雲，悠悠地飄過去，大口大口地，呵氣、吹風、呼吸。

橋式總讓我快速進入放鬆情緒，有好幾次，一邊做有支撐的橋式，一邊不自覺睡著，像掉進長長的兔子洞，而後收到遠道而來的訊息——要不要試著，原諒你自己，放過你自己。那受傷的你，也依然是你。

理解如此，每個人都帶著一點殘缺、一點遺憾、一點不完美度日，各有犄角崎嶇，存在著不光滑不平整的表面，而世界這麼大，我們的奇形怪狀，有人懂得欣賞，也有人願意收留。

我是這麼想，在瑜伽成為生活方式之前，它起初肯定先是你的自救指南——是你受傷，而你懂得如何為自己療傷包紮，幼時我們嚮往魔法，那麼瑜伽，就是你為自己解除封印的魔法。

從兔子洞裡探頭，移開瑜伽磚，我跟我自己說。

分腿嬰兒式

分腿嬰兒式：臣服與甘願，回到孩子的初始設定

喜歡做分腿嬰兒式，喜歡得不得了，喜歡什麼東西到極致，總有點非理性。沒關係，立刻說服自己，喜歡本身，也就不需理性。

分腿嬰兒式是這樣的——跪坐，雙腳大拇指相碰，臀部坐在腳跟，雙手手臂向前，指尖往前爬，上身傾地，額頭輕點地面，那是分腿嬰兒體式，彷彿回到母體子宮，獲得滋養與源源不絕的提供。

那是人類最初，對於安全的認識，安全就是資源充沛，生存無虞。

我們的安全感，母胎養成，直至出生，階段成長，發現那樣的資源，不僅只來自母體環境，也能來自自己身體力氣；原來自己不僅只能索取，亦能提供，例如光是試著將呼吸繞經全身，送至腳跟，那也是支持的推送，照顧自己的誠懇。

或許，當我們認知這件事情的時間點，才是人類真正脫離母胎的時間。

而分腿嬰兒式充滿神性——那畢竟也是臣服的體式，臣服即是心有甘願，無論多大的一個人，把自己摺疊起來時，總是小小且謙恭的樣子。臣服低頭，是對當時當刻的無條件，也無保留地接納，也有全心全意的託付，把全身重量交給地板，讓所有前往，順時且順流發生，在其中放手體驗。

不是有句話是這樣嗎：「握緊拳頭什麼也沒有，放開手真正擁有。」話雖老派，道理真切。分腿嬰兒，練的不過就是，好好放手，依然安全。

特別忙的時候，光是在腦海中想像分腿嬰兒式的分解動作與努力方向，都讓我感覺平靜。好像身體之上，有更大的事物，正在照看我。

分腿嬰兒式之後，常接著做下犬式及拜日式循環。分腿嬰兒，讓我感覺從無到有，從索要到自立，從依賴到自強，那或許並不是兩極對立，而是生之循環，綿延不息，人總是既強大又脆弱的，各種樣子都有。而臣服之中，也有接納的強悍，像一朵花生長，從抽芽，到含苞，再到綻放，花終落土，再次抽芽，各有階段。

老師說過一句話，我一直記著——你怎麼做分腿嬰兒式，就學著也怎麼做下犬式。

如果仔細感受，你會發現，兩個體式的努力方向是一致的——手掌穩穩扎地如樹根，從髖部向前摺，重心後傾，要嘗試的是，能不能把在分腿嬰兒式體會到的休息感，也呈現在下犬式。

那並不是什麼競賽，不過就是個努力方向，如此而已。

另有一式，快樂嬰兒式，講出名稱就暢快的體式——仰躺，雙腳彎曲，提膝，雙手抓住腳掌外緣，雙腿敞開，開髖，活絡下身循環，那是個嬰兒要抱抱的體式。請宇宙，在萬般忙碌之中，記得照顧我。

其實人是不是都是這樣的呢，偶爾要回到孩子的初始設定，於是睜開眼，萬象皆新鮮，萬事皆有趣，而自己充滿可能。

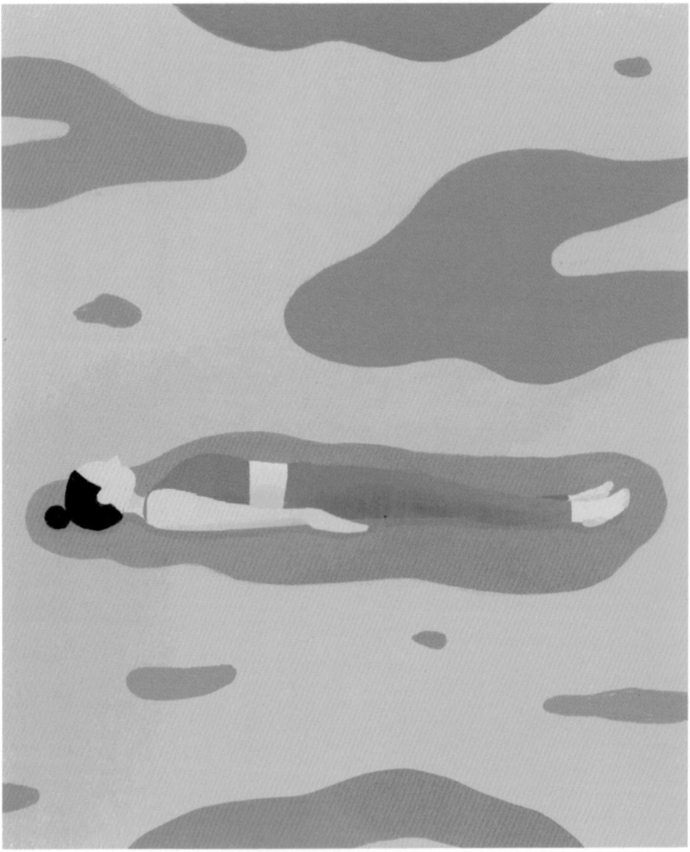

大休息式

大休息式：請記得丟垃圾

閉上眼睛，想像身體緩緩下沉，有溫柔指尖，勾你衣角，再放心地，向下墜一點，你一路往下，一路丟棄，直到能夠把頭頂、眉心、肩頭、胸腹、骨盆、大腿、小腿肚、腳踝……把身體累積許久的負重，全都交託出去——這就是大休息。

大休息是關於放下的體式，無條件地放下。好難對不對？工作狂如我，反覆問自己。

看上去簡單的體式，是日常的斷捨離，與壓力揮手，再見不送，是極難課題。有意識地放鬆好難，因為經常怕一旦鬆懈，就無法繼續向前跑下去。心裡總有念想千迴百轉，事情真的已經結束了嗎？有沒有什麼沒有注意到？我真的可以這樣休息嗎？那個誰誰誰的訊息我回了沒有？

於是我們每個人身上都留著昨日、上週、前季的垃圾。以為早就過去了，其實身體一直記著，已經經歷過的，不曾遺忘。

我常想，大休息其實本質上就是倒垃圾。把不屬於當下的壓力廚餘，有意識地從身上整理、分門別類，接著不留戀地倒掉。於是能夠不再帶著過去重量，去展開每個今天，好好活每個當刻。

那樣的話，步伐大概也會輕盈不少吧。

只要有一張平面，無論那是張瑜伽墊，或一面床，就能大休息。因為休息，本應該自然簡單。正面仰臥，雙眼閉上，舌尖頂著上顎，臉部肌肉放鬆，肩膀垂下，掌心向上，注意力向內，有意識地休息，讓負重慢慢離開身體。

剛開始練瑜伽時，老師提醒：「大休息是瑜伽練習的精華哦。」聽到時我心想，真的嗎？不就是躺下而已嗎？

直到發現自己躺平以後，依然聳著肩頭、下顎緊縮、腰腹出力，才發現，生活中真正全然放鬆的時間實在很少——想完成的事情這麼多，於是習慣咬緊牙根，握緊雙拳，告訴身體：「請你繼續堅持一下。」

原來許多名為放鬆的時間，我們從未真正休息。於是才要練習，透過大休息，有意識、也有覺察地，讓整個人放鬆下來。

事實是這樣的，我們曾經經歷過的，不會消失，而有些情緒壓力，需要離開。它們釋放了，心也會釋懷，還給身體應有的彈性。

於是放鬆你的眼皮，放鬆你的臉頰，放鬆你的肩膀，放鬆你的胸口，放鬆你的髖部，放鬆你的小腿，要去進行的，就是「放下」而已，告訴自己，已經過了，放下也是可以的。

透過大休息，去回應身體其實存在的需要，覺察身體部位應有的彈性未能展現，並且試著清除垃圾，全然放下。

我偶爾做大休息，會想像自己下降至深深海底，大海收留，光是存在與呼吸，即是生命本身，你光是你，已經足夠。

那其中必然帶著一點原諒，原諒曾經造成傷害的人，原諒或許曾傷人的自己；接著參有一點感激，感激身體有容乃大，替自己惦記，從今而後，不必再揣著那些記憶不放；最後，也必然帶有信任，信任每個今天，能夠更好地展開，不再有前日窒礙。

大休息，Savasana，攤屍體式，目光與意念向內，像打開一扇門回家，回到自己身體裡頭，去深深安住。

好好處於這個當下，不擔憂過去，不煩惱未來，就是休息的意義。

金剛坐姿

金剛坐姿：金剛不必不壞

「一切有為法，如夢幻泡影，如露亦如電，應作如是觀。」——《金剛經》

進入金剛坐姿，雙腿雙腳併攏，坐骨坐在雙腳後跟上，挺直背脊，閉上眼睛，坐如金剛，心念菩提，雙手合十放胸前，就知道瑜伽練習將至收尾。無論今天經歷過什麼練習，金剛坐姿都是階段性的終點，為今日畫上一個分號。

金剛坐姿是很靜很靜的體式，若是心緒躁動，容易坐不住，或心裡湧生厭煩感，可偏偏要練的就是靜，裡裡外外一致的靜、安住在身體當中的靜、不役於外物變化的靜，也練那動靜之間的如如不動，無分別、無執著的心理狀態。

我們在金剛坐姿靜心迴向，盤點滋養，以靜收尾今日的所有練習。通常老師會說，以一聲無聲的「嗡」音，迴向給身體內的空間與意識，也迴向給細胞體腔內與外在世界的一切有情眾生，一聲無聲的嗡音——「嗡」不是一種語言，而是一種記憶，據說宇宙大爆炸，奇點初現時，就是一聲巨大的嗡鳴。

始有嗡聲，而有紀年。

嗡會不會，其實是寂靜的聲音呢？在無聲之中，體驗聲音的飽滿豐厚，超出分貝意涵與限制，用內在的耳朵聆聽、內在的眼睛觀看、內在的感官體會。覺知一切靜止不動，但也同時正在發生。而瑜伽的練習同理，經常是在體腔骨架裡頭的內在環境發生，練習於看似無練，出力於毫不逞力。

《金剛經》有一言說：「應無所住而生其心。」翻找註解，大意是說，無所住，莫執著於一念一事一物，才還其根本，回返自性。

「根本」是什麼，根本是那最源頭的狀態，人人也有自己的奇點爆炸，回到原點，去看一看自己。有人生命舒張華麗，有人日子甘願樸素，有人日復一日，異常細心地，摺疊出他自己。於是，那也是一個允許日日新的狀態。

感覺那聲嗡鳴，正繞行宇宙，回到自己的金剛坐姿。

金剛坐姿，仍呈跪姿，頭頂心與骨盆遙遙對齊，沒有留意到時間已過了十多分鐘——那過程近乎冥想，心念休息，讓雜念飄過如星塵，讓內在觀看成為內在旅行的目的地，再經由老師帶領，回到當時當刻，深深一鞠躬，Namaste，完成深度清理。

懷著感謝離開體式，金剛不壞的，不必要是肉身，反而是心念。從金剛坐姿中去客觀地觀察自己，並且看見，心念千錘百鍊，自己正帶著力量來，也要帶著力量走。

春分

國曆3月20／21／22日

春分，是萬物滋長的季節，
適合和自己好好地開始。

春天適合開始

我在春天開始學瑜伽——作為一個有經驗的瑜伽初心者，下定決心，帶著一點慎重，我想跟瑜伽展開穩定的交往關係。像日劇那樣，近乎熱戀地低頭——親愛的身體，請多多指教，未來要麻煩你了。

從前練瑜伽總斷斷續續，難有續航力，要不是藉口推託工作好忙啦，就是經常受困於某些體式難以做到——例如輪式，輪式需後彎，是我心中大魔王——而心有萬千糾結，覺得自己總是不夠。於是一堂瑜伽課下來，得到的不是放鬆自在，而是對自己的反覆責難。

「你看看你，做得多差勁。」

春分時節，突有靈感，想從頭來過，重新認識瑜伽，當做不曾熟識過那樣。此時正好，遇上友人H傳來一篇文章推坑，她這樣寫：「幸好有瑜伽，身體開了，心也開了。」我問她定期上課的教室在哪裡，接著電話報名。

開始上瑜伽課的時候，正好春分。

春分陰陽相半，晝夜平分，意味春日已經過了一半。春分以後，陽氣漸盛，萬物滋生，始有生氣。說起來，我感覺春分是很公平的節氣，提醒平衡重要，不必過多，不肯過少，選在春分瑜伽，不是故意，不過剛好。

我也想走入自己的節氣。

瑜伽教室是小班制，教室裡有三間教室，煞有其事寫報名表，問為什麼來上瑜伽，腦中浮現幾個關鍵字：鍛鍊，覺察，接納，照實寫上去。

進到瑜伽教室時，一班同學已跟老師學習一段時間，我像學期中報到的轉學生，要跟上進度，卻也感受到內在盛大的歡迎，這班教室是這樣的，學而時習，老師帶領，好的或沒那麼好的，統統可以跟老師說。

有些動作做不到位，許多體式記不起名字，雖然老師說「沒關係哦」，並細細講解動作邏輯，心裡仍生芥蒂，我留意到自己有截彎取直、抄捷徑走的意圖，對於真正的動作究竟如何，時常不求甚解；有些動作相對困難，做起來哀聲連連，於是也貪圖簡單，抓到自己學習有劣根性，下個念頭，就是對自己失望與咎責。

在這之中，觀察對自己容易嚴厲，然後也去學習，接納現時狀態，不只是一句口號，而是真的接納——現在的你便是如此。

你的身體，你過往的累積，便是如此。

從接納起始，我開始做瑜伽的日子，而春天正好，適合開始，不顧一切，沒有任何藉口的開始。

也好像戀愛那樣。

你跟你自己，好好地在一起

最近開始上早晨瑜伽。

很喜歡老師表達時的用字遣詞，比方，她會說，找到最痠痛的點，停留幾個呼吸，去清理它；感覺那個疼痛，並且給身體一點支持，放下對身體的評斷，所有的發生都是自然發生；感覺這個當下，把你的身體交給地板，完全交付出去。

感覺她總是細細思量她使用的字，是否切身到位，是否如實反應狀態。

老師說，昨日是春分，驚蟄過後，春分平分晝夜，萬物滋養時節，適合吃些簡單直接的食物，吃身體想吃的東西，有能量的，可以補到身體的骨髓裡頭哦。

外部時局總有焦慮，尤其要記得從自己身上找力量，自給自足，不要從外界求，不要跟其他人要。同學出聲問：「可是天氣很好，想出去玩可以嗎？」老師笑著說，當然可以啊，有點可愛的問題呢。

瑜伽起始，首先按摩，把身體一節節打開，老師教給我們手勢，按壓鎖骨下的凹窩，找到疼痛的位置，用雙手按摩胸骨，找到正中胸骨的點。她說，覺得氣息不開，感覺鬱積的時候，就按壓這個點，把氣息梳開，每天都可以做，尤其是最近，得要敞開心口。

接著連續做了幾個心肺動作，同學們看起來都很喘的樣子。老師說，那就停下來，我們停留幾個呼吸。結束前，做倒肩式，身體往下，腳板往上，有一種，被身體支持，也被接住的感覺，最後大休息，差點直接睡著。

老師說，今天結束，比較疲憊的人，記得睡午覺，睡午覺是補氣，尤其這個時間，對身體很有用。瞬間覺得好寬慰，原來貪睡午覺，也能是好事一件。

其實老師也說，春分之後，開始早起是好事，這句則很想假裝沒聽到。

下了課，乖乖跑去喝大骨湯，再跑回家午覺。沉沉地補氣，然後醒來。想到週間按摩，另個老師和我說，按壓腹部的時候，感覺我情緒洶湧，層層疊疊交錯。來到頭頂的時候，才感覺到那個被壓抑下來的情緒是什麼——記得慢慢處理喔，大概是留下這樣的訊號來。

於是，也不知道為什麼，午覺一醒來就想跑去刷浴缸。刷浴缸壁大概是史上最療癒的活動之一，也想把心裡的淤泥，一併清理出來，曬一曬太陽。

有時候會需要這樣的一天，你跟你自己，毫無疑問地，好好地在一起。

山海的距離

這週晚睡晚起，工作排滿，於是我貪圖夜間休閒，雖也是穩穩前進，總感覺內在時序紊亂。走進瑜伽教室，一班學生哀嚎沒有睡飽，老師說這是「春睏」——像你的身體是溼了的柴，火點不起來，身體內感覺到徒勞無功。

春日宜早睡，老師說，早睡是幾點呢，最晚不要超過十一點。我小小聲地說哎喲。反省這週總是一點後才入睡。季節交替時，身體有感覺，會不舒服是難免，尤其春日多變，變化才是春天常態。

在變化之際，留心觀察，老師說，觀察時帶著一點持續的耐心。你存在你的觀察之中，你既是觀察者也是被觀察者，去找那個合一，而你耐心，沒有著急。

瑜伽教室裡，也播放《慈經》，還是英文版本：

May I be free from enmity and danger. 願我無敵意、無危險

May I be free from mental suffering. 願我無精神痛苦

May I be free from physical suffering. 願我無身體痛苦

May I take care of myself happily. 願我保持快樂

據說《慈經》緣起，是佛陀帶徒弟入住廢棄寺廟，廟裡多有鬼怪煩擾，佛陀於是帶徒一眾，誦念迴向，超度亡魂。

人聲誦念，也撫慰我們身上駐留的晦氣魍魎。

《慈經》有「慈」一字，也是鍛鍊，對萬事萬物，心存一點慈悲，願眾生好而常樂。

我們練瑜伽，從山式起始，把自己站成一座穩穩的山，接著身體左右搖動，探照體內氣息比較淤塞部分，左身推導右身，右身拉回左身，像體內有一條長長的河流，涓涓向前流，把淤泥緩緩帶走，去到看不見的下游。

接著做垂直震動，從腳底板發力，上下晃動。老師說，忘掉做這個動作好不好看、正不正確，或是有沒有人在看，上身放鬆，你不過全神貫注地在這個震動之中，像體內有小小地震，連結到那些平常觸碰不到的臟器。

而後我開始做異常艱難的下犬式循環，睡不飽影響許多，這週我的下犬式循環做得鬆鬆散散，扎根的手頻頻出汗，難以控制地向前滑，找回穩定，十足費勁，根基不穩，像風雨中飄搖的樹。

可我一直也記得，瑜伽重要的是努力前進的過程，不是似形的結果。你要堅持的，是那個嘗試的意圖，意圖很大，大過許多。在有點糟糕的時候，這信念陪伴著我，其實更多時候，我們也該在生活裡跟自己這樣說——去養成一種，不是惡狠狠的，咬牙逞能的眼光，而是有愛地、溫厚地，看往自己身體。

老師說最後我們要點火，做點會喘的。於是我們以俯撐手掌式，做了幾輪登山者奔跑，左右腿前跨，身體是山，再做肘撐平板前移與後移。頻頻出汗，身體內外清理，像重新燒一組柴。

最終休息體式，先開胸，後肩立，我想著我們敞開的體內，有山海，有涓涓河流，身體臟器回應外在環境，感覺自己隨時隨地在自然的環抱裡，帶著一點慈悲之心，可以沉沉睡去。

梵唱，是平靜的咒

神有八種特質，而這些特質，我們人身上都有哦，瑜伽老師如是說，所以呢，今天我們要開始來練梵唱。

我問梵唱是什麼，梵唱是空，是震動，是訊息，是調頻，是瑜伽體系內的一種，體式、知識、訊息都是瑜伽追求，而產生影響的訊息，也是咒的一種。

梵唱是平靜的咒，施予自己與他人。

想起每每瑜伽結束前，以金剛坐姿，無聲嗡音，迴向給細胞眾生，與我們有緣的一切人事物。迴向也是送出訊息，感覺到自己送出去的什麼，對於其他人有能貢獻與服務的地方。

週六瑜伽，算算即將週年。對於疼痛與不能，有了新的覺察；對於結果，放下了強要與強迫；對於許多事情，願意讓出空間，等待順其發生。

一邊按花生球，老師一邊理解大家身體狀況——比如說一年前對身體的理解與追求，和現在有沒有不同呢；也談觀察，比如我，我老是習慣用嘴巴呼吸，懷疑鼻子不管用，因此有些衍生毛病。老師說，你想想看，你有兩個鼻孔，不可能吸不到氣。觀察以後，所求不過是邊走邊調整，走在改變路上。

呼吸是我的課題，比如太習慣憋氣閉氣，或氣吸不進身體深處，我花了一段時間才真正瞭解，氣送到下背原來是什麼意思。當氣是暢通的，是流動的，氣能走全身，那就是你能給自己的真正支持。

觀看也是課題，三成專注外在，七成專注自己，想像著你很深很深地看到了你自己，視野放在身體裡面，那又會有什麼改變。

今日我們也練樹式，鍛鍊一種自立自足，站立式冥想，內在的動態平衡；也練手倒立，尋找一種槓桿的跳躍，很輕盈地成立。像撈一筆數據，往下撈到很細緻的顆粒度，那樣地去理解身體。

想著一年前報名上課，我在報名表上寫，希望對身體有更多覺察，而後，身體已經讓我慢慢知道了。

下課前，跟老師要瑜伽課上的歌曲與梵唱名單，隱約記得一段唱詞反覆——「在煩惱混亂的環境裡，回到你的身體裡深深休息」。

你的身體，就是一個你永遠能夠回去的地方。

清明

國曆4月4／5／6日

因著但凡你睜眼，你開始思考，
你就一直在提供、在使用。
現在我們要練習的，就是不使用。

身體的體察，保有大度

週六早晨的捷運人滿為患，觸目所及都是一雙雙眼睛，於是發現，眼睛已經透露足夠多的訊息——有人的眼神很亮，有人的眼神乘載連日疲倦。我一邊在想，那麼我的會是哪一種。

早晨瑜伽上到第三堂，依然很喜歡老師講課的邏輯與思路，按花生球，替筋膜補水，壓到肩頸背部時，還是痛得臉部糾結猙獰。老師說，停在疼痛上的意思是，跟它隔開一個客觀的距離，不是忍痛，而是，去觀察它，接著再去整理。

今天我們也談到連結與脈絡——想像你的身體是一個整體，你的下犬式，從後腳跟到小腿，再到髖部，順著背部，到你扎地的十指與手掌心，有一個連續，一起支持著你。而你的呼吸，也支持著這個連續。

所以，去觀察你的呼吸。

老師開頭講中醫，提到進出身體之氣，若真要休息，越是要安靜，不要慣性地大口喘著氣，撐著牆燥著呼吸。你練習靜下來，是為了讓環境裡好的東西能夠進來，練身體其實更重要的是要練氣。班上有位西班牙同學，我一邊做同步英文翻譯，一邊心裡很想拿電腦出來做筆記。

老師的幾個提醒也很有意思。

比方說，我手掌總是扎得不穩，動來動去，老師就說，十指扎地其實像是樹根，如果亂動的話，不向下扎，就很容易不穩；或是有同學動作做得急了，老師會說，剛剛那個蛇式有點狠勁，有沒有辦法再給這個動作更多柔軟？或我今天穿的上衣短了些，肚子一直飛出來，老師會提醒：「肚子是寒氣容易跑進去的地方，你要開始注意給肚子保暖喔。」

大概我喜歡的，就是瑜伽這種，非速成班、也非特效藥式，對身體的體察，有一種大度，沒有否定，沒有評價，也沒有要強。在前往目的地的路上，收斂殺氣，徐徐而行，讓人想起《浪人劍客》裡的劍客修行。

老師經常說，總之你去觀察一下，好的感受不錯，不好的感受也不錯啊，你不是為了追求好的感受，才停在那裡。你能在這堂課中得到的最大收穫，即是觀察自己身體的能力，養成一種全然的客觀。

既是練氣，也練眼光，瑜伽的鍛鍊，來得正是時候。

能夠去愛，是無敵的

早晨瑜伽課，蓋到第四格。瑜伽教室的鋼印，是一只小小鹿角。今天我們談的是空間，我開始習慣，把每一堂瑜伽課的學習，都視為給來週自己的暗示。

課程開始的前五到十分鐘，老師通常會做學生們的狀態確認——今天好嗎？感覺怎麼樣？如果能為自己做些事情開始，想做什麼？我說昨晚重訓深蹲拿重量，現在大腿後側與腋窩都在痠，老師說：「好，那就拿花生球把這些地方鬆開，很好呢，我們今天也做深蹲，你先暖了身。」狀態各異的緣故，教室裡大家做著不同動作，老師說：「大家自己來，我想知道在教室裡學的這些，離開教室，回到自己生活裡，能不能支持你。」老師很喜歡用「支持」這兩個字，你的身體支持你，你的同學支持你，你也支持著一切事情的發生。

教室裡有些同學也重訓。老師就建議，試試先按摩，按開肩頸，再去重訓，邏輯是，先把空間撐開、撐大，再去建構它，否則身體空間無法擴張，你用暴力，在身體裡層層疊疊，架起未經思考的違章建築。

今天教花生球按摩指法，先是按點，再按線，接著是Z字形走面，最後把球放在手心，重壓，等待兩個嘆息。之前一直以為「嘆息」是呼吸的意思，老師解釋，嘆息是小腦附近有個位置，領你真正放鬆，等到嘆息來，就是完全放鬆了。十指指節放鬆，做下犬式的時候，感覺到更強的連結，手指、下手臂、上手臂，有一個穩固而具彈性的連線。

下課前做倒立，第一次做，心情緊張，不停心理自我建設，腳一伸，身體翻上去，靠牆，睜開眼睛——原來教室的空間是這樣的，它沒有變，但我好像看得更清楚，又或是因為我停下來，專注地看它，倒立的時候，心反而很安靜。老師說，肩頭長期緊繃的同學，這個動作做多了，肩膀會放鬆許多。

下了課，一直覺得身體很輕盈，覺得有些東西飛出去，好像成為更有空間的一個人，那道理是把自己撐開之後，再好好建設。

吃過午餐，跑去附近誠品，買了兩本書，一本講妹島和世與西澤立衛的建築美學，不知道為什麼，翻了幾頁覺得好喜歡，想起在里昂念書，趁著法國多到不行的假日，跑到鄰近城市追柯比意建築，那時候一個人在異國，卻覺得造訪建築空間的時候，有一種不分國籍的收容。

另一本是郭強生的新書《尋琴者》，書腰上寫著：「王德威評論，近年來台灣小說難得的佳作」，想來想去，近年來看的台灣小說極少，書店店員興沖沖地跟我推薦：「你拿到的這本，是郭老師親簽版，當然要帶走。」我去結帳，沒有跟他說，說來慚愧，這是我第一本郭強生。

等捷運，從市政府到萬隆的物理位移，三日連續的零確診，捷運人潮回湧，手機完全沒電，索性在捷運上看《尋琴者》。從第一頁就好看，邊讀邊讚嘆，好久沒遇到這麼穠纖合度的字，感覺像正好敲在指節精準位置上的描述，調音師作為主要敘事者，節制自持，這是本心裡有音樂的小說。

上一次有類似感覺，是恩田陸的《蜜蜂與遠雷》。

其中一頁，彈琴少年彈奏完拉赫曼尼諾夫的〈無言歌〉過後說，這首曲子讓他想起雪，但他沒看過真正的雪，心裡於是湧上一點自卑。另個鋼琴師對他說，那個無以名狀，難以形容的什麼，就是時間，每一個琴鍵吐出的，都只有當下，不能重來。

想到瑜伽老師說的，心裡很亂的時候，想一想，可不可以，就好好經驗這個當下。透過鋼琴，你聽的是一種逝去，即使是最孤獨、最窮困之人，也能從同一首德布西中得到近似的感受，因為那是我們的來處與歸處。

在捷運上，不知道為什麼，看到有點鼻酸，差點坐過站，直奔新店，眼睛紅紅地走出捷運站——發現外頭陽光正暖，萬物空間，正在等你，停下來看，去好好經驗。

你向前走的日子，知道陽光在背後照看著你，陪你歷經艱難，強大來自你自己願意，以及支持著你，在你身後的人事與環境。

而能夠去愛，始終是一件無敵的事情。

我於是知道，我喜歡的，是心有所愛的自己。

偶爾練習不要使用

本週天氣不穩，時冷時熱，經常穿錯衣服出門，於是身體也忽然冒汗、忽然發冷，明顯調節吃力。

瑜伽老師說，季節更迭，留心飲食，忌吃重口如麻辣，少吃海鮮，以免身體悶溼出疹，水氣久久不散。宜吃溫和淡雅食物，如蘿蔔，如山藥，如你平時覺得無聊的那些。立刻懺悔，想到週五夜間法文課後貪吃，十點多與友人在公館點了鍋泰式冬陰功——滿滿一鍋，躺滿十來隻蝦，酸辣且海鮮，忌吃checklist一次統統打勾。雖我心裡有愧，瑜伽的指引從未有「禁止」，反而僅是要我們觀察留意，感知變化，進而調整。身體有慣性，那麼，就去觀察慣性的生成，慣性的結果，如此而已。

週六瑜伽體式做得少，多點時間練動靜態冥想。瑜伽墊上開天闢地，限制裡頭創造，老師說：「想像你每寸肌膚都與瑜伽墊相接，想像你竭盡所能地去靠近與觸碰，你的身體想去哪裡，就容許它去哪裡。」

我喜歡我們的起始點是腳下，是地板，是生死根源。從一個點上，身體散開成幾束線，再漫成一片網，從躺臥到跪姿再到站姿，沒有指引，沒有目的，讓身體去所有想去的地方，讓身體成就所有它願意的結果。

於是，不必對稱，不計伸展，不論始末，我閉眼睛，感覺體內動力，身體比意識遠，身體要意識暫停，身體內有山脈水流。老師說這叫「自由移動」，確認大家感覺如何，我說，意料以外的自由，原來什麼也不想，行動也會繼續。睜開眼睛，恍若隔世，那一刻，對身體生出敬畏之心。

接著練靜態冥想，金剛坐姿，右手用兩指搭左手脈搏，如果真的安靜下來，會感覺自己微小脈搏跳動，很靜很靜，順著血脈，繞行身體，直通心臟心室。你的身體持續為你數拍。即便微小，但已足以支持生命，微小到讓你感動。

你鬆手，感覺那節奏韻律還在。

以前我練過冥想，經常直接睡著，或意識飄遠，再不然就是無法阻止閉上眼後，一連串訊息飛過，就想處理。我只願意肯定處理完的訊息，沒有處理的，都是待處理，全是我的問題。

而老師說，無論是動態冥想或靜態冥想，都不過是要你歸零，要你放下。因著但凡你睜眼，你開始思考，你就一直在提供、一直在使用。現在我們要練習的，就是不使用。

我想，作為人，偶爾也要關機的。而休息的方法，其實人們很早就會了，是呼吸，是移動，是跟著心跳走，只是忘了用或不願使用。

本週事多，本來是真累，也抱持著想解決身體負重的心情到瑜伽教室報到，結果歷經冥想，我一路傻笑，接著做了幾組下犬式循環，幾組橋式，直至瑜伽課結束。大休息之後，感覺自己能做一個，全新的人。

穀雨

國曆4月19／20／21日

在有與沒有之間的，
盡力而為。

把自己長成一棵樹

春天之末，穀雨過後，立夏之前，週六乖乖去上早晨瑜伽。瑜伽老師說，現在這樣的時節，適合吃正在冒出新芽，苜蓿芽或芽菜這類的食物。

想起小時候，我媽早餐吃苜蓿芽，我問她那是什麼，她說她在吃素，隔天，我跑去學校跟全班大肆宣告——喂我媽媽會吃樹的故事。

不過是不是這樣呢，有那麼多的新生，都從幼芽開始，歷經日月精華，時月積累，長大成一株百年或千年古木，也好像人的養成，你選擇吸收的東西，無論是實質的食物、你交際往來的對象、接收的資訊，或心靈的補給也好，正在決定你的成長方向——啊，好想知道自己會長成什麼樣的一棵樹。

很喜歡瑜伽老師的一個地方是，她持續騰出空間，歡迎新的東西進來，我看見這樣的人，常有一種對事物的開闊與寬容。

比方說，近期她看中醫書籍，於是分享，春天適合整理肝膽。上脈、中脈、下脈，週六課程，我們整理中脈連結，先從按摩肚臍周圍開始，順時針按摩，重點按壓，最後貼上幾塊辣椒膏貼布，像建造一個提醒，一個照顧自己的符印。

越來越覺得，瑜伽是一種現在進行式的練習與探索。老師說，所謂「行動」的意思，真正重要的，在於行動的意念、意圖——當我們說，停留兩個呼吸，虎口扎穩，臀部再向上推，完成一個下犬式的時候，不是非黑即白的，「這是下犬式」、「這不是下犬式」的二分法，是你去感覺，「你正在完成一個下犬式」，現在進行式，ing，這次你前進或後退到哪裡了？能不能不逞力地、慢慢再推高一些呢？

所謂行動，不是只有「我有做」、「我沒有做」、「我會」、「我不會」這樣武斷的分野，瑜伽看重的，反而是那個有與沒有之間，那個前進的路途，那個正在建造中的、持續蜿蜒著的路徑，那個由你行經之後，因而更顯寬闊的空間。

瑜伽鼓勵的，就是在有與沒有之間的，盡力而為。

做修復瑜伽體位之前，我們做了幾組比較喘的動態動作，中途休息時候，老師說，不要哈氣，心安靜下來，躺平的時候，感覺一下，肚腹貼平地面，把整個身體的力氣交給地板，它會接住你，感覺一下它正在那裡支持你。你盡力而為，地面支持你，結束之後，你就放下，那也是一個循環。

後來整天下來，光是踩著地面，都覺得好像是一件值得開心的事情。你起床、活動、生活，就有很多事物，一直一直無條件地支持著你，心情很煩的時候，就想一想這個吧——我們是這樣，腳下有地，頭頂有雲地生活著。

真有需要，就去休息

滑開手機APP，氣溫超過三十度，街上人群紛紛套上白上衣，走到哪裡都光亮亮的。早晨瑜伽課，開始有夏日氣息，實際意思是——更容易燥熱跟大量出汗，隨著氣溫上升，要花更多時間，讓心安靜下來。

老師說，穀雨之後，即將立夏，最近很多同學支氣管發炎或不舒服，那是熱氣要往外走，如果容易燥熱的體質，最近少吃一點雞肉。雞肉？今天早起心血來潮煮雞湯的我，背後開始冒汗。老師說，接下來會安排多一點流汗行動，夏天流過汗，秋冬會比較好過喲。

我們用花生球，跟另一顆黃色圓球，按摩喚醒身體。老師說，去體察你身體裡面，有沒有哪些地方，有些小小的痛，去理解它、去看看它、去處理它，那是身體給你的訊息。去想一下，有沒有哪些生活習慣，導致這些疼痛？不要忽視這些訊息，去整理它，如果始終不處理，或以「我很忙」當藉口，身體會知道，會知道你不在意，久而久之，會關閉給你的訊息通道。我想起另一堂課，老師對另一個學生說，你很愛你的小孩對不對？那，你要不要像愛你的小孩那樣，去愛你自己？

身體是循環支持的，瑜伽也是，英雄式、平板、四足跪姿、八支點地、蛇式、下犬式的連貫，每堂課都做得不太一樣，甚至每一次也不太一樣。沒有辦法，也沒有必要標準化，就在那一點點不一樣之間，增進對自己的理解。

於是，越來越覺得，瑜伽是養成彈性、並且鍛鍊韌性的一件事。彈性裡頭要有對自己的接納，不要一直透過責備或鞭笞自己前進，也並不是擺爛或輕言放棄，而是建立在對自己很深的理解之上，去盡力、去前進、去開拓一個更柔軟的前行狀態——沒有人說，一定得要繃緊肩膀，才能往前走吧。企盼地、愉悅地、專注地、柔軟地，也是一種前進。

最後做修復體位，先做倒肩，再做犁鋤，停留十二個呼吸，我心有點急躁，實在安靜不下來，身體跟著晃來晃去。老師跟我說，既然叫做修復，就是用來休息的喔。所以，如果感覺到身體想要逞力，有一點好強在裡面，你就開始慢慢調整，跟自己說不需要了，去感覺身體裡有一種很柔軟的前進，感覺真正放鬆下來。

下課前，老師問：「大家都還好嗎？」因為中間穿插核心與心肺的緣故，同學們看上去，很想睡覺的樣子。老師就說，好，那就回家睡覺，這時候睡午覺最好了，會補到很深很深很深的氣。

於是，下午彷彿得到了什麼允許或邀請，我睡了一個很長很長的午覺，把所有身體的重量交給軟軟的床，任憑家貓虎吉在我頭旁踩來踏去，需要的時候，就是要休息的，記得這樣告訴自己。

好，現在要把這個暗示，交給身邊的大家。

如果需要，就請去睡午覺吧。

立夏

國曆5月5／6／7日

越是緊急的時候，
越是考驗我們的心。

為了明天與大後天準備

早晨瑜伽，大休息式後，老師用很平靜的語調說——疫情指揮中心剛剛宣布，單日確診案量達一百八十例，雙北已達第三級警戒。

啊，三級嗎？

彼時我們剛做完手倒立與橋式，全班從大休息醒過來，有點恍然，如同隔世，好像一只傳送門降落，突然從很安全的時空扔回瞬間緊張的現世，空氣裡突湧躁動。

老師說，不用怕，越是緊急的時候，越是考驗我們的心。

首先，你的心要先平靜下來。

本週我們在新的瑜伽教室練習，噴酒精，量體溫，實名登記，小班制，而教室很大，講話時還有陣陣回音。開始之時，照常花生球按摩，老師問我們對事物的之前與之後有沒有比較之心？比如心裡感覺，什麼時候，比什麼時候更好一類。

她說體會是這樣的，拿掉比較，專注在當下你所擁有的資源，去做當下的完成。若遇變故之際，也是同樣的道理。

好比，我們正在練習的英雄式一，實是練習勇氣的姿勢。天高地闊，右膝前蹲，左腳腳板外轉四十五度，踩著腳刀，雙手上舉，肩膀下沉，你有沒有發現，那是你身體裡的，兩個力度方向。

每次英雄式，都是考量你當時身體狀態與現有資源整合，去進行的當下完成。那樣的練習裡頭，沒有輕言放棄，有堅持出力，而心裡保持平靜，我覺得那其實就是勇氣的意思。英雄式一，是我們要面對變局的姿勢。

我們在瑜伽體式裡，一次一次地去練習回應世界的方式。

下課時，老師說，因應疫情變化，我們預計改成線上課程哦，家裡找個瑜伽空間，如果沒有瑜伽磚跟瑜伽繩，就把教室的抱回家。全是新的，我們現場交易。

於是，同學們帶著滿袋或一手拽一個瑜伽磚回家，為了明天還有後天，還有大後天準備。

走出教室，手機收到各路通知——活動延期、餐廳保留訂位確認、團隊公告、朋友問候，最後是，寵物電商公告，支持主人宅家，不必出門也能替家貓添飯。看看四周，所有人都像我，走在回家路上，先宅再說。

時局緊張，謹慎行事，心有平靜，持續努力，而沒有一點洩氣。備妥食糧，每日為自己加餐飯，不必搶奪，不必緊湊，專注看自己已經擁有的許多，去支持自己，也去支持他人，展開每日必要的生活。

小滿

國曆5月20／21／22日

資源並非無窮無盡的。

資源的應用與分配

週六十點，早晨瑜伽，數位連線，調鏡位，開麥克風，按花生球，看到同學們家中百態，有的家大窗寬敞明亮，有人家裡尚來不及添購一只瑜伽墊，就以涼蓆替代；我手邊瑜伽磚不夠用，就再墊兩本書在下方，手邊有資源，便拿來用。限制出現，彈性應變。就像疫情期間，隨處也可以是瑜伽教室，只要一段空下來的時間，再敞開一個變形空間，就能立地長出英雄式與下犬式，甚至不必然要瑜伽墊。

老師照常開頭問候關心：「同學們如何呢？」——「在家工作呢，反而工作更久了，昨天一路工作到凌晨」、「似乎有點提不起勁」、「覺得開始有點無聊啊」。老師說，不如把外界壓力當作讓自己去蕪存菁的最好時機，早該調整的事情，清一清丟掉，早該覺察的狀態，認真去體察，也試著去尋找自己休息的開關切換。

這段時間，是邀請我們更多地，去深深照顧自己，也去重新看待我們身邊擁有的一切資源，該如何最好的應用，與適切的分配。

壓力存在，本就是最好時機，有人向上成長，也有人向下沉淪。

老師歌單放送〈阿彌陀佛心咒〉，同學們切麥克風靜音，扭開自家音響播送，我再用了精油噴霧器，空氣裡飄檸檬香。空間也是創造出來的，而人有五感，五感體驗正餵養靈魂。

我們按摩肝經，大腿內側，大拇指腳球縫隙，腳板骨、小腿中段深壓，平息燥動肝火，連聲喊痛，那肯定是近期心有焦慮，沒有睡好。

說老實話，家裡瑜伽墊買了許久，老沒養成在家瑜伽習慣，總想往外跑，覺得外面更好。遇上疫情，卻心有慶幸提前準備，好像總有些資源，已備在那邊，等了我們許久。在不同的時機裡，去看到自己已經獲得的，或為自己備妥的，早有許多祝福。

結尾前練修復體式，我們坐臥束腳式，躺姿，瑜伽繩綁住腰與腳踝，髖部敞開，再以兩塊瑜伽墊分別放置背部與頭下，胸腔完全敞開，呈放鬆姿，重量交給地板。呼吸的時候，感覺吸進胸腔、脊椎，再到腹腔，再進到子宮，接著深深吐氣。

老師說，近期我們會開始意識到——資源並非無窮無盡的，也並不分配均等，無論是水資源、電力，或是最直接的物資條件。身體裡，有些地方資源充沛，有些地方則有稀缺，必須學著分配，有資源的，就要主動挪移些資源，去支持沒有資源的地方。

重新分配，以應全體的健康與循環。其實整個社會也在經歷這樣的過程。

個人方面留意休息，補氣養神，有餘力就將資源，分給眾人，滋養整個整體。瑜伽老師歌單放送，我們幾台電腦連線，已經感覺，那空氣裡頭，都是給予的力度。

芒種

國曆6月5／6／7日

慢的背後是你要深刻地經驗、細緻地體會，
在裡頭長出屬於自己的覺察來，
沒有選擇繞道，而是選擇去看、去理解，
並且決定在每一次的呼吸確信
——我要調整我自己。

快與慢都是你的方法

早上的瑜伽課，成為週六早晨不賴床、期待起床的理由。以前讓我願意起床的，只有好吃的早午餐而已。

因為夏日緣故，課程往前提早到九點開始，避開正午熱辣太陽。進到教室，老師問我們，這個禮拜狀態還好嗎，然後我們用花生球，把全身慢慢喚起來，從頭到腳都繞過去打招呼，我常覺得，這很像 check-in 報到打卡的過程，嘿，我們要來了。

今天講當下——「活在當下，不等於放空喔。」老師說。

當下是你把注意力拉回來自己身體身上，不要一半的你做著動作，一半的你想東想西，給當下行動完全的專注，試著去看見你的身體支持你做每一個行動；也去觀察每一次的呼吸，觀察這個行動之於你的關係，只要當你開始觀察，每次的呼吸都會越來越深，帶你去到更深的地方。

我們做分腿嬰兒式。分腿嬰兒，初生的姿勢，雙腳大拇指交疊，身體俯臥，雙手向前伸，虎口扎地，重量交給地板，那是一個歸零的姿勢，在自己的「不能」面前，臣服與盡情脆弱。我常常在做這個姿勢的時候，窩在那裡，感覺回到子宮，非常安全，想起每個人也都曾經是嬰孩，還等著長出思想，嬰孩其實是很有力量的生物，一無所有，所以什麼也能有。

那是一個起始的動作，等著你去創造。

從分腿嬰兒再到下犬式，去觀察一個下犬式的完成，觀察身體的施力。老師說，所有的提醒，都不過是方向的指引，你的用力，是一個連續性的動作，給身體一種暗示，再向前伸，臀部再向後推一點，腳底板能不能再扎穩一點，那是一種沒有盡頭的東西，沒有盡頭，也沒有比較。

每一次的下犬式，全都是不一樣的。

老師跟我說：「采岑，剛剛做動作時，你就有點放空喔。」夏日炎熱，活在當下有時異常艱難，我常常飄去想「天啊，我的汗要滑下來了」、「哎，真的不能開冷氣嗎」、「啊，那等等午餐要吃什麼」……那是當下要給我的練習，這個當下只關注這個當下要緊的事，其他事情，對於這個當下並不重要，不必急著用這個當下去處理。

在練習瑜伽時，我經常感受到「慢」的意義。原來是這樣的，慢不只是作為快的對比而存在的，慢不是比較差勁或不好的東西，慢的背後是你要深刻地經驗、細緻地體會，在裡頭長出屬於自己的覺察來，沒有選擇繞道，而是選擇去看、去理解，並且決定在每一次的呼吸確信——我要調整我自己。

慢下來，是這樣的意義，這樣的承諾。

比方說，我發現我的大腿後側用力其實多數是來自臀部的施力；在做英雄式的時候，有時我會忘記我的手指其實存在。快有快的邏輯，慢有慢的道理。快與慢，並不是為了與對方抗衡才存在的，沒有孰優孰劣的問題，快與慢都是你的方法。

大休息之後，回到金剛坐姿，雙手撐出三角，置於胸前，我很喜歡老師的念白——以一個無聲的嗡音，迴向給身體裡所有的細胞，細胞裡所有的眾生，以及在日常生活與你有緣的人事物。

當你開始迴向，你也就決定了，你要主動給予。

下了課，我一手拎著瑜伽墊，一邊去附近的店鋪買饅頭，蒸得熱呼呼的紫米燕麥饅頭，配一罐無糖豆漿。簡單的食物，讓人覺得很幸福，對不對，你仔細看看，有這麼多可愛的事情，支持著你的一天發生。

夏至

國曆6月20／21／22日

夏至，一整年陽氣最盛的日子，
要練習心的平靜，清理家裡，
也要清理自己的心。

懺悔的力度

夏至，一整年陽氣最盛的日子，要練習心的平靜，清理家裡，也要清理自己的心。

今日早晨，是瑜伽老師帶領的夏至僻靜營，線上營隊，早起連線，從昨日開始準備。一班學生，前日早睡，早起煮老師指定的菊花養肝茶。我前晚睡得早，於是七點左右起床，開始煮茶，感覺一天很早很早地開始。家貓虎吉活動，為他捧上一疊飼料，感覺有顆近乎虔誠的，想照顧他人與自己的心。

八點半開始，先是按摩，按摩小指內外側，用另一大拇指與食指深壓，直至感覺疼痛；接著按手腕與手肘關節深處，深壓按到經脈深處，整理整條手臂連線；再來舉手，按摩腋下大條經絡，至少兩分鐘，有些地方，幾乎痛到想流淚。老師說，那是整理自己的心經與小腸經，用今日之陽氣，有力氣，去理一理心中空間。

覺得那是另一種意義上的淨身。

再來老師說，要趁今天，來做與自己的工作——做一〇八個拜懺禮拜式。山式站立，手臂平舉過頭合十，停留在自己的頭頂心、眉心、喉輪、胸腔，接著手掌接地，全身趴下，雙臂前伸，接著一樣合十，放在頭後。最後手掌慢慢推回，回到站姿合十，這樣是一個循環，我們要來做一〇八個。

拜懺是，意識的清理，按摩到很深的內臟深處，你在每一個合十停留之際，這樣問自己——我是怎麼理解、怎麼思考、怎麼言語、怎麼感受與消化世界事物的，在這之中，有沒有想懺悔修正的部分？透過最後的手掌合十，放在頭後，心裡有個聲音，送出訊息：請你原諒我。再恭敬地，回到站姿，重新起始。

一〇八個拜懺，是一〇八次很深的道歉，也是一〇八組體力活。道歉要出力氣，要用體力，去重新連結，並且也解開在各種關係裡的糾纏業力，或許此生，或許前世，總之留在你身體的痕跡。老師提醒，放下我慢，放下「為什麼是我」、「為什麼我要先道歉」的設想與阻礙，由自己起始，去清理訊息。

前二十組起步，按表操課如小學生，留意自己數數與執行動作，直至進入後幾組下半場，才開始感覺自己動作更如河流奔走，也有訊息在自己身上遊走流竄，會有幾組想道歉，並且感到抱歉的名字，但心意外平靜，身體力行道歉，感覺自己的持續出力，也就是自己的持續意願。

身體行經，真誠彷若麥加朝聖，懺悔並同時前進，旅程即是意義，懷抱一種持續的願力。

完成一〇八組，老師示意休息、擦汗、更衣，接著靜坐後，拿幾張紙，可以寫下，你想對誰道歉，而後，你又想對誰感謝。

我照著做，感覺身體輕輕的。有一種並不悲情，也不怨嘆，只不過看見與理解的位置。好像在吸吐之間，也能去傳遞簡單幾句話的組成——對不起、謝謝你、請你原諒我、我愛你。

昨日點乾艾草，清理空間，室友途經，以為驅魔。其實也未必不是，透過整理，照見心有妖魔黑暗，有曾從己而出，對他人造成的傷害與業障，去承擔，去背負，去梳開煩惱與糾結。

有同學舉手問，為何在這一天，與自己工作，卻要做的是懺悔。老師說，懺悔其實就是一種很深的清理，跟他人懺悔，或跟自己懺悔都是。當身體清理乾淨，訊息就會流通，會更容易體察到自己身體內有連線。

我們所做的努力，就是解開糾纏，回到事物原先狀態。原先本就很好。

另一同學體會甚深，是這樣說，若是要做，不僅出力，更要持續出力，理解持戒的意義，是不是就在那重複與往返，也承認尚有心煩意亂，平靜同樣也是動態的。

老師說，那也很好呀，就像捷運開路，通車以前，得要採挖地道，忍受烏煙瘴氣，或許各路險阻，但凡此時，便是要想，原來是有路可走之意，沒有氣餒，持續前進。意識到心煩，也是很好。

夏至抵達，整理自己，帶著懺悔與感謝，打開心有空間，邀請眾人進入，再邀請眾人離開，照見前方有路漫漫，便要準備，再次上路了。

貓步前進

連兩日跟著瑜伽老師晨起，週六瑜伽，週日做一〇八個大禮拜——感覺身體越來越知道自己前進的形式與方向，因為理解而生出力氣，再回頭到日常生活支持自己。

有貓聞聲而來，頑皮弄翻水瓶，沾溼半張瑜伽墊，待在運動間，左躲右藏不肯走；鏡頭另一端，另一學生是養狗，狗也希望跟班，全程瑜伽。

老師說，來來跟寵物溝通一下，即便你沒有經常性地摸摸他，你也還是愛他的。

這個月早上第一件事，起床洗臉刷牙，就換運動衣待運動間，做二三十分鐘的晨練，運動ＡＰＰ順手方便，核心、胸腹、上肢、下盤、久坐伸展、修復瑜伽，輪過一輪，正巧也一個禮拜。

週週相疊，居然也讓每日運動成為習慣。若是早晨有會，那就更早起一點，從前通勤的時間，拿來運動，常有一雙眼陪練，時而打瞌睡，時而有警醒光彩，就是家貓虎吉，幾乎從不缺席。

我想虎吉大抵感覺到運動的氣息，如此堅定而明亮，是我從床榻把自己連根拔起，有願力要再養體內力量，許諾要在日常陪伴自己。

我慣常做平板姿練核心，有時他也加碼挑戰，要我騰出一隻手，能穩定摸摸他額頭；也有練心肺，蹲跳與起跑姿，要閃避小貓障礙物，不得踩到尾巴；做四足跪姿與貓牛式時，他會瞥我一眼，看我拙劣擬態。

在家訓練，難度是幾顆星加上幾顆貓貓干擾。

練習時常有感覺，訓練時我有時呼吸太短，有時憋氣，吸不到深處，要跟貓學，深深地吸，深深地吐，彷彿虎吉不疾不徐地一旁教我：「哎呦怎麼連呼吸也不會，請你跟我做一遍。」

手機裡堆滿了各種虎吉靠瑜伽磚大休息的照片，足以開成一本相冊，名為「貓貓瑜伽」，怎麼鬆柔，怎麼躺臥，怎麼呼吸，怎麼自在。

待在家裡的日子，是創造對日子的各種想像，緩慢以對變化的真正實踐。所有過去願想過的，對自己喊話的，務實地拿回自己手上執行，安排與修正，無論是下廚或運動，都是開發自己身體更多樣的使用方式，發現原來，咦我也是可以的嘛，從而拓寬自己的發揮邊界，與改寫使用手冊。

人是要在改變之中，認識自己的。

比如說手，手可以拿取，也可以提供；做瑜伽時可以頂天，也可以撐地；可以熬湯煮粥，可以整理報告，可以連夜打稿，可以徒手運動。

除了身體以外，也慢慢找到自己所居之地的應用指南，為不同房間點各異的香，推展各自的完成，感覺所到之地，均是意念延伸，彷若有神坐鎮。

於是也想到，原來這就是虎吉生活，是他做貓的日常體會。而他多有耐心，用著貓步，引我入門，咱們且行且走，貓步前進。

小暑

國曆7月6／7／8日

懺悔不是自責，
反倒是深深地理解，
自己成長至今，領受過各種幸運，
都並不是理所應當。

輕鬆時更要鍛鍊

週六固定做早晨瑜伽，因應疫情期間，已很習慣線上版本。

而前一晚，我一路看HBO的《東城奇案》，看到半夜三點半。晚餐後乘夜幕，看東城小鎮殺機暗湧，而編劇節制推進，沒有任何一點，想要端出牛肉獻祭的意圖。而人有立體，不幸如此各異。

覺得在這樣的鬧騰時代，節制的作品一向並不容易。因為譁眾取寵，總是較簡易的捷徑。而安安靜靜，恐怕撞上許多阻力。

於是當老師問：「采岑最近過得如何呢？」我只好坦承，其實四個多小時前才入睡。老師說：「好呀，總之留意哦，有些作品或活動你經歷了之後感覺精神充滿，有些則感覺掏空，你經歷的是哪一種呢。」

好壞，不是不變的尺度，不過都是辨別與否的問題。如果你能更靠近自己一點，你自然更能為自己選擇。有些劇看完整個人鬆鬆垮垮，有些劇看了倒是補氣，感覺很適合拿來當深夜追劇的理由。

昨日瑜伽練習，我們談懺悔與平等心。

懺悔是從前幾次練做大禮拜就開始有的討論。懺悔是這樣的，很多時候，我們對於自己有意與無意造成——無論是對他人、對動植物、對這世界的傷害，渾然未覺，活在一種幾近天真的狀態。未曾去深刻理解，我們每日的生活，其實背後有太多事物支持，若不思懺悔，其實也未必生得出感念。

比方說，吃食就是如此。

砧板上的動物與植物，構成你的一餐。而這些食物的產生，背後多有其他自然與時間資源支持。懺悔不是自責，反倒是深深地理解，自己成長至今，領受過各種幸運，都並不是理所應當。

老師說，這週瑜伽，我們要做幾組流汗的哦，於是拜日式循環不斷，再接幻椅式，四肢點地也可改做鱷魚式，蛇式可改作上犬式，全憑自己狀態決定。如果累了，就停下來做分腿嬰兒式。

老師說了一句，我覺得很有意思——去觀察，你做這些動作的時候，哪些動作你渴望停留更久，哪些動作你又恨不得趕緊做完，試著去練習一種對於動作的平等心。每次呼吸，都推展一個動作，沒有偏愛。

又尤其，當身體感覺輕鬆時，更需要觀察。

即便在輕鬆之際，也保有一種對自己觀察的眼光。觀察輕鬆時的呼吸，與艱難時的呼吸，有什麼不同，有沒有可能，讓兩種時候，都擁有相同的呼吸品質。

這幾週練瑜伽，我尤其感覺，我在鍛鍊，並且試圖交付的是一種穩定的品質，不只是練那動作之形體，練那舉手投足，練那舉措節奏，更是要練那動作之中乘載意涵，在氣的層次之上再去支持自己，更多一點。

現在習慣瑜伽後涼個一天記筆記，跟過往做專訪習慣相同，涼一涼，等某些淺淺觀察浮出水面，成為生根的身體記憶。

我突然感覺，那也是在練一種，繞開表面的熱鬧，更扎根的沉靜。那沉靜就如樹根，將鑽到很深的地方，給自己營養。

大暑

國曆7月22／23／24日

在每一次呼吸裡，
都去原諒你自己。

溫柔就是點到為止

週六瑜伽，起得比平日更早，吃過一點早餐，走進教室時，覺得頭暈，身體還沒跟著醒來，精神跟身體好像在兩個時空裡，也不在意，想說總之過一陣子總得醒來吧。

做了幾輪拜日式循環，剛在心裡覺得怎麼有點累，上週明明做得很流暢，自我內心開始無限比較，老師就問我：「今天是不是比較累？」我說是，總覺得還沒醒來。露出一臉懊惱的樣子。

老師說，覺得累的時候，就做分腿嬰兒式吧，休息一下，身體狀態經常都是不同的。我感覺身體狀態正在暖機，等待甦醒，而我很像排著長長隊伍、等待許久因此不耐煩的同學，推著我的身體說：「喂喂，快點前進，怎麼這麼慢。」

在那個瞬間，我又再次看見我對待自己有多惡劣。

其實理智上是明白的，身體有高低潮狀態，人也是，你不是透過給身體／自己過多的責難，來嘗試努力，你要跟著它／自己在一起。實際上，還是經常無意識地給身體諸多壓迫。

接著，我們做手倒立，先前都做肩立，這是第一次，嘗試手倒立的體式。透過手的連線，支撐起一個身體，用一個反向來跟空間相處。

雙手十指扎地，從一個熟悉的下犬式起始，右腳向前行進，接著向上蹬，撐起自己。整個動作連續，但也要慢、要穩，一切好像慢動作，我感覺我的腳劃過空中，切過空氣，點到牆面，我的手把整個身體接過去，肋骨收好，看著正前方，視線顛倒，撐上去的那幾秒鐘，感受到的居然不是重量，而是，我是一個完好的整體。

我感覺到我的手、胸腹、腳與腳趾尖，它們全部都跟我在一起，沒有背離我。好像重新看見一個，存在許久的事實。

當日大休息的時候，我睡得很沉。

慢了好幾個呼吸才醒來，覺得自己被老師，也被我的身體愛護著。老師在課堂上，常會邀請我們感覺自己的手指指尖、大腿外側、腳底板腳刀，那些經常性會被忽略的部分。「你的那些身體部分還跟你在一起嗎？」透過感覺它們，回到這個當下。

回來，回來，再靠近自己一點。連結自己的身體與呼吸，是回到當下最快，也最直覺的方式。

做完瑜伽，下午去參加另一場塔羅工作坊，那是一個明亮的空間，裡頭有特別敞開的一群人，帶來曾經被遺忘的故事。我抽到的其中一個牌解是「即便受過傷，還是要勇敢」。我講了一個很久很久以前的故事，掉了些眼淚。友人拿著橙花精油來，說：「你剛哭過，擦一點比較舒服。」輕輕地，就把精油擱在我旁邊。

在使用精油的時候，我再次感受到那樣的愛護。

我心目中的溫柔也是這樣的，那是能覺察到他人狀態，願意把關注分給別人的人，提供的一種不侵擾，又帶有理解的能量。絲毫不濫情，反而帶有一種節制，一種「我知道的喔」，點到為止的訊號。

如果曾經感受過那樣的溫柔，不妨，也開始用這樣的溫柔來對待自己。我這樣對自己說。

身體的使用方式

心念上週瑜伽老師的指導，週五我刻意早睡，睡著的時候十一點多，覺得世界雖都醒著，我已抵達睡眠的航線、體內的海洋。

早睡，並且自然而然地早起，早起後澆花泡茶，餵貓再餵一點自己，用吸塵器攆走瑜伽墊旁細細的貓砂（想是家貓虎吉腳下奔跑殘留），還有空氣裡飄散的貓毛，開始早晨瑜伽課。

打開窗戶，是雨天。

用按摩球揉開身體的時候，老師說：「采岑這幾次瑜伽，看你待的房間，好像有越來越乾淨明亮哦。」原是儲物間，堆滿各種日常雜物，最大的子集就是不常用的物件，統統堆成一疊。疫情穴居間也用做運動房，重新整理，日日拜訪，有人活動，房間也開始有精神起來——「老師，覺得有時候空間常用，好像反而會更乾淨。」

「對哦，身體也是這樣子的。」老師說。

以房間做喻，我們身體裡，也有長年疏忽的角落，成為身上暗角或心上黑洞，或許也可以，打開門，揭開簾，讓光透進來，去看一看與清一清。做瑜伽，就是做這樣的練習——身體層次的、肌理筋膜層次的、呼吸與氣的層次、精神的層次，讓你的呼吸與專注力，送過去那裡，送到所有你覺得壅塞不通之地，你的氣就是活水源頭。

當下感覺，就像習武之人，打通任督二脈，發現原來誰也不是駑鈍之才。

前週是快的循環，這週則很慢，從八到十二個呼吸的下犬式開始，每個動作停上三到五個呼吸，英雄式一、俯撐、蛇式，留意每個動作，自己閃過的偏差之心——哪些特別喜歡，哪些又特別不耐煩。再接著做英雄式二，在慢裡頭徐徐修正，眼神和緩，凝視點在手指尖。

老師說，所有的凝視點，都是為了讓心安定。而我想起，瑜伽裡的英雄，不是武鬥，而是自立，是一個人要頂天立地，先求站穩他自己。

連續做了幾組，雖是流汗，不感覺特別逞力，好像調用了更深層的肌肉意念，去促成一組完成，於是在自己身體裡頭找到，一種非線性的，不蠻橫粗暴的出力可能，持續練習一種，向內收斂的注意力。

許多時候，也留意到自己有偷懶或想放棄的念頭飄過，念頭就是念頭，看到以後，讓它飄過。

老師說，鍛鍊注意力是必要的——注意力如果老是向外，就像家戶敞開大門，任何人路過都能隨意闖入，擾亂心神；注意力如果老在腦子也不行，像是某個房間高度運作鎖死；注意力要練習往內，待在身體，則像時常做身體內的大清理，像定期使用的房間，精神明亮。

而我們每個人的身體均配備精良，有人生來是跑車，有人是艘船，你不能用對待跑車的方式對待一艘船。於是留意因果，觀照心態，調整行為，找到自己身體更好的使用方式。

瑜伽下課是夏日中午，已出太陽，我像做了場很長的冥想，從海的另一頭醒來，還感覺身上吹著海風。

不知道是不是得到暗示的關係，週六下午看《屍戰朝鮮》，看雅信從一片黑暗裡頭殺出來，大腳踩在殭屍身上，覺得那些屍身疲軟，彷若舊日習慣；隨即動念開始全家大掃除，包起來的垃圾綑一綑，廚房清一清，浴室地板刷一刷，集體勞動清掃，直到感覺，自己也被好好地整理了一遍。

呼吸就是連續的我愛你

瑜伽課後開始下雨，並且一路不停。我走到廚房，拿出早上冰好的蜂蜜檸檬酪梨醬，切洋菇，美式炒蛋，烤吐司，為自己煮一頓早午餐。

早晨瑜伽後半段，老師線上帶領同學們做冥想靜心，接著迴向，虎吉肚餓，連連撞門，接著用小貓力氣蹭蹭，發出哀哀聲音，我從很安靜的世界出來，開門，替他開罐罐，料理午餐。回到瑜伽墊上，課程已經結束。

老師說，迴向啊，其實是瑜伽很重要的環節，既是清理心壁，也是向外布施。每個人身上都帶有很多世的記憶，迴向是布施給生生世世的意識，理解他人的苦，像理解自己的那樣。所以迴向重要，那是瑜伽練習的階段完結，專心凝神，活在那個當下，跟自己在一起。

算是被老師溫柔地念了一頓。

今日瑜伽老師慣例留意同學狀況，彈性調整，身體疲累的，就也不用逞強，改做連串修復體式；也有一班同學練下犬式，拜月式，在不同體式裡頭，留意呼吸的品質——體式艱難時，也有體式輕鬆時的呼吸品質。

老師說過多次，輕鬆之時，更要鍛鍊，比如分腿嬰兒式，那並不是癱軟的姿勢，而是讓你體悟到，呼吸是能送到身體這麼深的地方，輕鬆時沒有鬆懈，以應未來挑戰。每次練習也有試煉，是因為試煉，生出勇氣與信心、成長心性，還有更多最終能擁有的東西。

我感覺那好像奧運前的準備練習，平常地、持續地、孤獨地，在日常裡頭去挑戰自己前進。也像衝浪必要等浪，浪來之前，覺察警醒，沒有鬆懈，為的是浪頭來時，能輕輕一站，迎浪而行。

在這個基礎上，若是不成，那就接納，再來一遍。鍛鍊一種運動員的心性，失敗就重練，我感覺那也支持我回到工作裡頭續航，練心性，以致遠。

今天也談到呼吸，不妨把每一次吸吐，也看做循環——呼吸的時候，把「我愛你」的訊息，送進每個身體細胞臟器，分送出去，充滿體腔；吐氣的時候，則是把愛的意念，送給周遭眾生萬物。每次吸吐，都有愛的形狀，透過吸吐，去清理自己身體裡，錯綜複雜，疊床架屋的，自我否定、自我咎責與自我憎恨，並且在每一次呼吸裡，都去原諒你自己。

想起從前讀過一本經典叫《感官之旅》，其中有段精彩描述：「呼吸的英文一詞，breathe的字根，其實是炊煮的空氣，意味著我們永遠生活在小火炊煮的狀態，細胞裡有火爐，呼吸時，我們讓整個世界穿過身體，世界因而認識了我們。」世界穿過你，認識你，透過呼吸的媒介。而呼吸就是連續的我愛你，也是與外界的永恆連結，我們透過呼吸敞開自己，也透過呼吸感受外界環境，呼吸是每個當下千真萬確存在的證明，雖然肉麻，但那是日常，你就能為自己做的、千真萬確的魔法。

立秋

國曆8月7／8／9日

所有練習，
其實也是我能贈與他人的獻禮。
我們說迴向，
其實就是真正願意分享。

需要一張如魔毯的瑜伽墊

今日立秋，據說下過雨之後，每天都會更涼一點。養喉嚨，忌麻辣，吃蜂蜜，瑜伽老師如是說。

週五早晨，大約七點半，跑去上瑜伽課，老師注意到我髮尾溼，問我都早上洗頭嗎，我說對呀，常常來不及吹乾，胡亂綁成一球，時間趕，就這麼出門了，想說給風吹一吹，那也乾了。老師說，頭髮不吹乾，溼氣很容易停留在身上，散不掉喔。心頭一驚。

有那麼多毫不留心的習慣，身體全得一概承擔。

真的想改，要回到生活裡頭看。

週五早晨的課，叫青春露瑜伽，開給四十歲以上的女生報名，多數是媽媽，媽媽百態，反正小孩不在，所有人都對瑜伽老師盡情耍賴，大家都是瑜伽的孩子嘛。有的精神十足，準備做完瑜伽去喝下午茶；有的滿臉厭世，嫌天氣熱、煩惱腰痠、抱怨胃痛，哀哀叫外頭施工吵，頻頻抗議。

老師走到厭世媽媽的旁邊說：「你知道嗎？每次看到你的厭世表情，我都覺得非常可愛哦。」厭世媽媽的表情，突然柔軟了一點。

我從瑜伽老師的身上學到很多，她說訊息會來，就也會走，沒有訊息是持續不動的，如果訊息沒有消化，那是心情受到影響的緣故。

試著把訊息想像成風，風會來，也會走，你客觀地觀察它，就像觀察氣象。好難啊，我心裡想，因為我是情緒很多的性格。老師說，在感覺身體的時候啊，也試著撕下舒服與不舒服的標籤，痠就是痠，痛就是痛，它們都是中性的。

練習瑜伽後，我更經常去想，我現在這是什麼情緒呢？這個情緒是由什麼而起的呢？如果可以選擇用中性的眼光看待，我會想要怎麼再次理解？

通常想完以後，會有不同答案。既是看到自己原先 default 有侷限，也是看到停下來可以產生的開闊。

瑜伽教室常是我學習場所，跟老師學，跟同學學，跟自己學。感覺有時候學習，反而是更多休息，有什麼自己尚不知道的，正源源不絕進來，在學習之中變化。

下課也不過九點，換套衣服，轉乘公車，還能神采奕奕地前往上班。

下課搭公車，確實有點感慨。希望所有媽媽們，都有機會接觸瑜伽，在瑜伽墊上，起碼有地方做孩子，鬆開肩膀，可以抱怨，可以無賴，可以討價還價，可以覺得人生好煩，可以不再為母則強，可以空出一點時間只給自己，可以在大休息後沉沉睡著，不必想著，要承擔誰的生命，要肩負誰的命運，只需要照顧好自己就行。

而或許，每個人在不同時間、不同狀態，也都需要這樣的一張，能穩穩接住你、如魔毯的瑜伽墊。

迴向，就是真正願意分享

昨日立秋，整日下雨，今日父親節早晨，我跟同班同學做早晨瑜伽。老師問：「慶祝過節嗎？」有人說預計晚上全家吃飯，有人待在台北不打算回家，我也是待在台北，傳了LINE訊息給我爸，簡單的父親節快樂，加一點表情符號，我爸回我，自己在台北也要小心。

課堂起初，依然用花生球按摩。長長的按摩，扭開跟自己身體靠近的開關，老師接著問了大家宗教信仰，說今天呢，打算帶領大家練習誦經——「如果有其他信仰的同學，這十五分鐘，可以做其他的體式，或是暫時離開，都沒有關係的。」

誦經迴向，給自己的父親母親。老師說，無論每個人與自己家裡父親母親感情好壞，我們之所以降生在這世界上，是父母親把我們生了出來，基於這一點，就有感謝要說。而父母親身上最美好的特質，我們身上或許也有，我們要努力的，不過也就是把那美好，好好地給活出來。

家庭各有命運，回到生的源頭，迴向感謝，那是我的理解。

而誦經迴向，講究氣口，說到底氣口也還是呼吸得順，呼吸順的話，重複字句形成韻律，產生能量，如歌的行板，如果呼吸不順，或是憋氣，那就有害，氣也不順。所以誦經之始，得先深深地吸一口氣。

我們念南無地藏王菩薩，平均大概六次循環，要吸一口氣。老師趁機說地藏王菩薩故事——地藏王菩薩原先已可成佛，不過祂發了大願，地獄不空，永不成佛。念地藏王菩薩法號，是召喚我們心裡頭最大的慈悲。

腰桿挺直，頭頂心敞開，想像有一道光灌入，那就是慈悲的意念。在誦經迴向的韻律裡，擁有一種更寬厚的、對事物的諒解——想著生的源頭，或許他有做得不夠好的地方，而他可能已經盡了最大努力。

南無地藏王菩薩，覺得心緒煩亂的時候，也能閉上眼睛，這樣反覆去念，無論念出來，或在心裡頭念都好。

想到近期一次誦經，是今年七月，阿公家祭現場。因為家祭緣故，我於是知道阿公在家裡，其實排行老七，後來成了三個孩子的爸爸，再成了內孫外孫的阿公。

從自己，長出了家族，而自己也是家族的一部分。

家祭現場跪拜誦心經，我本來很擔心各種繁文縟節，卻第一次感覺儀式是為了重新連結整個家族，誦經帶來平靜，彷彿那反覆動作與重複經文，不僅是為接引死者抵達極樂，更是為了安慰生者碎裂一地的心。藉由經文的往復循環，生長一種安定，安定中生療癒。

我們是帶著誦經得到的療癒之心，送走敬愛的長輩。

回到瑜伽現場，結束誦經，平靜一段時間，我們接著推開，今天的第一個下犬式，接著是第一個英雄式一，第一個拜日式循環。

我有體會，今日的所有練習，其實也是我能贈與他人的獻禮。我們常說迴向，其實就是真正願意分享。

處暑

國曆8月22／23／24日

若要說哪裡有無條件的愛，
不必外求，
最根源的源頭，就在每個人身體裡頭。

小處也有宇宙

八月中後，已經立秋。立秋後走肺經，外部溫度開始緩降，我感覺體內似乎熱氣不散，急需排溼，十分燥熱，像小獸躁動，連連出汗。週五下午是這樣的，我穿一件新買背心裙外出，裙長過膝，左右有衩，明明感覺氣溫適宜，回家時更衣，卻溼了一整片背，我整晚開始為自己沒來由的出汗擔心。

接著週六瑜伽早晨，遠端連線，老師按慣例確認同學狀態時，我立刻妙麗式舉手——昨日出汗不止，又注意到喉嚨開始發癢發腫，心裡擔心，覺得難以理解或解釋身體正在發生的事情，也因此有點心煩氣躁。想來想去，於是決定早早睡了一覺以後，今日起床卻又覺得身體恢復精神。

好奇妙。

老師說，立秋以後，皮膚敏感，可能也有蕁麻疹的症狀出現，把它看做散熱排溼，身體正在恢復與適應新的時節狀態，要流汗就流汗，不要想著急忙「處理」。老師說，試著鍛鍊一種，觀察而不作為的心性。

因為無所作為，反而有機會觀察得更深一點。

不只身體，心情也是哦，梳開一些糾結與煩躁，讓觀察能走遠一點。老師說，自己也是這樣的，最近出了些紅疹子，無傷大雅，就把它看成身體狀態。

嘿，你沒有任何行動指令，要去打勾與執行。

於是回想週五晚上經驗，我就像往自己身體裡頭，死命地挑毛病那樣一一檢查——覺得這裡不對，那裡不行，啊啊肯定是哪裡出問題了，要趕快治理，要快點執行。其實如果安靜下來，不過是身體需要流汗，就讓它流汗而已。

不要怕身體明白告訴我它真正的需要。或許也不要害怕，自己越來越能感受到身體訊息，那都是身體正在向我敞開，知道我接收得到。

今日瑜伽，我們也談做瑜伽過程的感受層次——肌肉層次、氣息層次、筋絡層次，全是不同層次，而層次並無高低差別，每個人都有自身經驗，經驗自己正在體驗的事物，對於手邊的經驗，保有尊重與平常之心。

於是老師請我們練習，今日的任何動作，都試著小聲說出當下感受到的任何身體感覺——感受到左肩胛骨的緊縮與舒張，感受到左臂與右臂傾斜與放鬆程度不同，感受到手臂至背部的整條連線，感受到身體在做分腿嬰兒式時微微右傾，接著再往下描述得更細緻一點。也描述其他，比方說，我有一個想法，這個想法是關於什麼；或是我有一個情緒飄過，這個情緒是關於什麼。

透過指認，並且說出，再次邀請我們回到身體裡頭，鍛鍊專注。我像是第一次說出那樣，反覆聽著自己身體狀態的回音。

老師說，不間斷地體察身體感受，說老實話，就像一直吃白飯，基礎、尋常、近乎無聊，肯定比不上你追著情緒跑，或順著想法飛那樣，像吃精緻甜點，甚至到遊樂園玩耍一樣的狀態。

這裡頭也一樣沒有比較，甚至沒有禁止，練習吃白飯，不代表從此就要戒除甜點。而是透過自我描述的方法，去更理解自己一些——平常你的專注力，你的能量統統都集中在哪裡呢？有沒有機會，除了情緒與想法外，再觀照一點身體內發生的事情？

「越精華深入的東西，經常看上去，就是越無聊的哦。」老師說，根基的東西，看上去好無聊啊，不過若能回返自心，安定享受，那就是小處裡也有宇宙。

身體的無條件給予

緩降二級，連日加零，早晨瑜伽課，已能回教室上課了，當然還是得戴口罩才行。而我繼續貪圖在家上課的時間與空間，賴床晚起，可餵貓種草，只要轉個彎，離開臥房，刷牙洗臉，就能鑽進運動間，踩上瑜伽墊，開始瑜伽時間。

穴居期間意義也是，重新思考過自己願望什麼樣的家居生活，能不能把那樣的空間給整理好，日日也活出來。

秋分之後，進入處暑，秋日的第二個節氣，處暑的「處」，有一說是離開，另一說是止步，總之處暑代表的是，我們正式離開了夏天。而矛盾的是，台灣外頭仍然炎熱非常，運動間得先開冷氣涼房，才不至於揮汗雨下。開始動作以後，則開窗讓自然風流經，房間與身體都能透氣。

開始練習戒斷冷氣，習慣要留一點汗。

處暑是矛盾的節氣，好像有什麼正在變化，又尚未抵達，節氣裡有一種戛然而止的肅靜。我感覺秋分之後，瑜伽許多練習，都帶著沉靜的指引，再安靜，再更安靜一點；再向內，再更向內一點。不急著想，不急著行動，而是盡可能地，從每次專注之中，得到最大的收穫。

處暑之際，全班有睏意，詢問狀態時，爭相走告：報告老師，覺得今天沒有睡飽；報告老師，昨天兩點才睡；也有同學提前用花生球按摩，按到一半忽地陷入睡眠。老師說，那就睡啊，每次練習都有每次意義，給身體所需要的，如果感覺身體是舒服的，那就沒有關係。

也不用比較，不用比較這次跟上次，哪次比較賣力，再用那個比較來咎責自己。放下這樣的心思。

有同學提到連日心有所想，弄得自己煩躁。老師說，你也可以決定，是要用這次瑜伽時間來大想特想，還是試著放下，那也是選擇問題。沒有哪個答案比較好或比較正確。有時要練習的是決斷行動，有時要練習的是不帶評價。

瑜伽動作起始，我們坐著做扭轉，身體有反方向的作用力，像把自己擰成一條抹布，鬆開時感覺張力，感覺因扭轉而敞開的身體空間，舒緩神經，刺激血液，促進循環，是有限裡的無限，既有資源的重新組合配置。

有時候發生問題，是因為空間不夠；許多時候能解決問題的，也是空間擴充。整頓屋內的空間，也留意身體內的空間，是夠與不夠。

然後我們很緩地做拜日式循環，並在每個動作都有停留——英雄式一、俯撐手掌式、八支點地、蛇式、下犬式、分腿嬰兒式，觀察每個動作的細微變化。再做三角式，按摩臟器。老師說，做這個動作，頭總是不自覺掉下來的同學，要開始鍛鍊頸部肌肉，意識到頭的存在。於是我喬來喬去，想像自己背後，有一條從背椎到肩膀，再到頭部的連線。

突然也明白，身體是各種連線阡陌，體內自有道路，因為想要的前往，而搭建出來。所有線路，無條件地支持了生命的運行。若要說哪裡有無條件的愛，不必外求，最根源的源頭，就在每個人身體裡頭。

修復體式時做有支撐的橋式，我感覺睏，接著睡著，大休息時，感覺自己得到了什麼寶貴的東西那樣。下課後，決定煮粥給自己吃，去秋燥，多喝水，吃粥補水潤燥，打一顆蛋，攪拌倒入粥裡。

好好吃頓飯，是日常不過的道理，回應身體的無條件給予，轉心向內，交付給它，
它所需要的東西。

你想要的東西，你早就有了

越來越覺得，練早晨瑜伽，是鍛鍊一套新的信念系統，改變自己過去與身體蠻橫的相處，去建立一個新的、互相包括的關係，就像重新寫一條數學等式。

你的身體是一個整體，從手指尖到腳底板，腰椎、薦椎、頸椎——喜歡老師總是一一唱名，每個部位都有名姓，像身體的列隊——胸腹頭頸，有完整的連線，它們全都支持著你的運行，支持你去經歷與完成。

你體內早有宇宙，也有眾生，你堅持盡力而不帶要強，用一種全新的柔軟，去和一切變化與感覺共處，去感覺所有當下，你是，身體力行那樣地去相信。

而每次早晨起床，走往瑜伽教室的過程，都是回想複習；每一次在瑜伽教室裡，所經驗的每一個循環，所體悟的每一個你所能與不能，都強化著這樣的信念系統。

昨天瑜伽課，我們從「痛的感覺」開始。

做完基礎暖身與花生球按摩後，老師拿了個天堂路底板，大約能容納一個人站立轉圈的大小，要我們踩上去，抬起腿，用走路甚至預備起跑的姿勢，「我們要在這上頭，待大概兩首歌的時間，大約十分鐘。」一踏上去，我立刻臉部扭曲，憋住呼吸，很痛。

我硬著頭皮踩下去，畢竟，我是連腳底按摩都會全程哇哇叫的類型。

老師說：「痛的感覺是怎麼樣呢？去觀察那個痛的感覺，去觀察你身體如何回應，你是弓起足弓，還是試圖去接納？你是怎麼去連結這個痛的感覺，即是你的感覺？」當下我在心裡尖叫：「這當然是我的感覺啊，我這麼痛。」

十分鐘總是會過的，我從一開始抗拒轉圈，再到慢慢願意小碎步繞圈，雖然還是偷吃步，刻意避開太尖的立面，腳底板持續感覺強度變化，痛的量級直線攀升。我感覺到，身體的所有堅強，其實在於它有多少意願敞開，有多大能耐接納——接納肯定是練習來的，接納正在經驗的，並在痛的過程中，長出一點相信，這是你跟身體共同的完成，得來慶祝。

離開天堂路，腿部發熱，老師說：「剛剛經驗的疼痛會讓力量去到你最需要的地方，幫你修復哦。」

我說感覺在剛剛的十分鐘幾乎用光所有力氣，老師說：「很棒啊，你明明這麼痛，還是願意去完成。」是不是這樣的，你已經經過了，就去慶祝它，放下它。

老師說：「暖身夠了，今天我們會很忙喔。」

接著做了幾組循環，老師說，來練習手倒立跟頭倒立好不好。手倒立的重點是十指扎根，扎穩貼地，那是你的根基，身體輕盈，向上跳捲，臀部向後靠，用手的力氣，支持整個身體的直立。

連續跳幾個，在老師幫忙下，手撐地，腳尖抵牆，另一種形式的頂天立地，胸離開，身體晃，手吃重，大概四五秒，跟老師說不行，撐不了，腿想下來，力不從心。

老師說，那我們改練頭倒立，感覺一下身體直立是怎麼一回事。

頭倒立，椅子當輔具，雙手反轉，肩靠椅座，雙腳一跳，把自己翻上去。這不是我第一次做頭倒立，卻是做起來最舒服的一次，很神奇地，感覺身體沒有哪一塊特別需要多用力，好像整個身體達成協議，彼此都各出一點原本就需要的小小力氣，支持這個動作的完成。

原來這就是身體直立的感覺，在一個正位上，自然的樣子，沒有借力出力，很直很直，正得不得了。那是一個很有力量的姿勢，你看到，力量是來自於還其原本。

感覺好安心，有一度覺得自己像漂在海上，乘著鯨豚之力，漂去很遠的地方，鯨豚是我的雙腳雙臂與胸腹大腿，原來是它們平時遷就我的壞習慣與扭曲姿勢，我有很多很多感謝飄出來，又覺得放鬆得不得了。

我是班上最晚結束頭倒立姿勢的同學，一臉漲紅地翻下來，來到分腿嬰兒式。老師跟我說：「嗯，感覺得出來，你需要這個動作。」

很需要的，還其原本，你想要的東西，其實你本來就有了。

白露

國曆9月7／8／9日

你就是空間的擁有者，
或更精確地說，你就是空間本身。
你也是任何感官情緒的經驗者，
經驗於是產生了訊息，
光是意識到這些，
你會開始看到，你擁有的何其多。

身體是蓄光的場地

時節進白露，颱風抵達前，日子炎熱無水。

據說秋日屬金，需養心神與呼吸，宜規律起居，早晚添衣，盡量早睡。尤其最後一句，對現代人來說，難免有點奢望。而這兩週事真忙，幾日貪時晚睡，起床常覺得頭腦昏脹，像身體裡還有掛記不散。

早晨瑜伽，是我重新調頻的時間——如果敞開身體，心無罣礙，會發現能聽見的很多，拿到的細微訊息，最終經常指向自己，指引一條，明日能夠持續練習的途徑。

比如用花生球按摩暖身時，我們聊到，情緒有大悲大喜，對於大悲大喜，不要貪慕，要多多練習節制，回到平靜，接著徹底安靜。

為的是，有時候當情緒到達極點，難免感覺痛快，例如一陣大哭大鬧，情緒洩洪之後，實際上，那都是透過消耗身體得來的代價。到達極點，還要記得回來，哭笑固然都很好，只是不要習慣透過擠兌身體能量，來換取那樣的情感位置。

不見得要站到那個受傷的位置上，才能感覺被疼、有人愛我。

今日按摩時間長也安靜，感覺所有人都享受這塊騰出的時間與空間，渴望理解自己身上的訊息。老師說，有時候我們鍛鍊，就像是晦暗之中，感受有光照進。看見身體內，原來還有多出來的空間，是從前未曾看過的。

我們先是以輕鬆坐姿做幾個開胸拱背，再做左右扭轉，感覺肩頸拉長，關節一節節鬆開，扭轉完的一側，漸漸放鬆，釋放積累緊繃。感覺身體裡有空間回應，敞開一條光的路線。

我們很緩地進入四足跪姿，系列的第一個起步，老師說，不妨想像成，這是你首次的練習，是你的第一個四足跪姿那樣地，去進行與完成。帶有一點恭敬，珍惜行進的時刻，也珍惜靜止的時刻，在行進之間，感覺身體，帶著一個比你更大的訊息，你感覺安全，能全然盡力，也可以把自己交付給身體。

盡力與交付，並非牴觸的概念，而是我們能與身體建立的關係——在每一次的練習中真正盡力，沒有鬆懈，在需要休息休養之際，完全交付，不帶任何防備。你並不需要把所有事情，都馱負在自己身上。

盡力以後，便要放掉，真正放掉。

老師的指引，予我詩意聯想，身體是蓄光的場所，你給它支持，它也會在日常回應你，讓你能經常生活在，有光照耀之地。

原來可以是這麼簡單日常的事情。

予人承諾那樣地承諾自己

秋天抵達許久，而我觀察到第一個秋日抵達的明確意象，是家貓虎吉的毛髮逐日變得蓬鬆，遠遠望過去，像毛茸茸小球，圓糊糊一團，他正為了秋冬做好準備，遞來家裡秋天的訊息。

人類又為自己做了什麼準備呢？我們為自己烤糕餅。

時值中秋，家裡滿桌餅，映照月圓，糕餅是滿溢的祝福，乘載實實在在的熱量。友人從台東捎來名產綠豆椪，送進烤箱，圓蓬蓬的一團綠豆椪，燙口熱手，送進肚腹，成為我們的存糧準備，以利渡冬。

人跟貓有時是一樣的。未雨綢繆，想為明天的自己，多做一點。

疫情穴居期間，我養成每日運動習慣，有時徒手重訓，有時皮拉提斯，有時是下犬式循環，有時也練腹練腿，有時不過做幾個反向的伸展扭轉，真正重要的是，在一日之初，保留時間，排除萬難，優先遞出一個，照顧自己的邀請——是這麼實際，明確，而矯情的，給身體的感謝訊息，只因平常，我已受你照顧太多。僅能以此回禮，確實感謝，不是空口無憑。

發現在家裡運動原來簡單，一只瑜伽墊，兩塊瑜伽磚，一條毛巾，一只手機播放線上瑜伽指引，偶爾闖入的一隻貓。點開YouTube，線上瑜伽教學，畫面裡有時老師人在哥斯大黎加，有時在加拿大湖邊，有時在北歐雪地，恍恍然，我感覺空間錯置，瑜伽墊是一座飛行船，身體抵達嚮往之地。

每天每天地做，也要超過百日，數字累加，像樹的年輪生長，很慢，卻有形有體，我知道最終有什麼東西，在我體內留下，那是肌肉層次以外的記憶，清晨醒來的，第一個念頭——是我願意予人承諾那樣的，承諾自己。

剛開始只是一個念頭，想撐出這樣空間來，碰上疫情，於是秩序解構，時間有了重新分配。早晨運動就像我的通勤，安排一條，曲曲折折的，向內的路徑。必須流汗，方能抵達。所有獲得，用時間換。

那是一場我與我身體的，耐心恆常的交易——於是我知道，在所有需要的時候，我也都還有副身體能夠回去。這樣想想，運動，大概也就是我為明天，所做的準備。

而家貓虎吉，經常比全家更早醒來，更有精神地踩上瑜伽墊，穿梭過我扎穩雙手與腳跟的下犬式、汗涔涔的側棒式、靜心平靜的大休息，在一旁，不忘把自己凹出一只貓貓仰躺式。

我猜想我的貓，也喜歡運動的氣息，喜歡那種努力的心情，喜歡那種，明日將至，而今日我已為自己萬全準備的心意。

你就是空間本身

九月中後，我替自己報名了一路至年底的插花系列課，剛好接在早晨瑜伽之後。流汗洗漱以後，剛好換裝，能夠出門。

順著有光的步伐，抵達有花的工作室，量額溫，雙手攤開消毒，插花老師說，這是一雙有在重訓的手哦。拿楨硬舉的手，生出淡淡的繭，浮出手心，於是知道，身體其實滿布訊息，你去過哪裡，做過了什麼，均能看穿。

帶著早晨瑜伽完的整副身體，前往插花工作室，身體有下一個，關於色彩組合的、美的練習。感覺能有意識的，為身體選擇，它要認識哪些訊息。

早晨瑜伽時，很緩慢地練每個體式，感覺手指尖到腳底板的各束連線是否通暢——比如做英雄式一時，你是否感覺得到手指、手臂延伸伸長，如樹枝般生長？比如做上犬式時，你脖子後頸的空間是否足夠開闊自由？老師談到，無論做任何動作，結果都不重要，但依然要盡力，練習本身就在努力的過程。

可以想像，身體有臟器，撐出一個空間，你就是空間的擁有者，或更精確地說，你就是空間本身。你也是任何感官情緒的經驗者，經驗於是產生了訊息，光是意識到這些，你會開始看到，你擁有的何其多。

那麼，試著在身體空間裡頭，建造一處僻靜，可能那是一張床，一座發呆亭，一間書屋，也可能是一座祕境島嶼，於是任何時候，你也能回到自己體內深深休息。

練瑜伽時，特意不開冷氣，於是感覺體內水氣，不斷出汗，在熱氣蒸騰的身體裡，試著建造一處平靜。

我想了想，感覺那也就像平時許多瑜伽練習。要開始看見的不是反向拉扯的艱難，而是因為相異努力，其中反而打開的，更多空間。

其實瑜伽的練習，經常相似，練體式追求的方向不是難度的等級，不是等比地增長，反而是執行的顆粒細膩——許多看上去簡單的體式，其實很有得練。每次練習，都有迭代修正，看見當時當刻，身體潛藏的訊息，那是一種非線性的鍛鍊。

插花課上，老師說，我們看花的色彩，能從主花身上，尋覓線索，抓色彩比例，配合邏輯，是要相似互補色，或是同類色系，是要和諧或是搶眼，其實自然已經告訴了我們許多。

而我想，生命是同樣的，關於我們的線索，也統統都已藏在，身體之上。

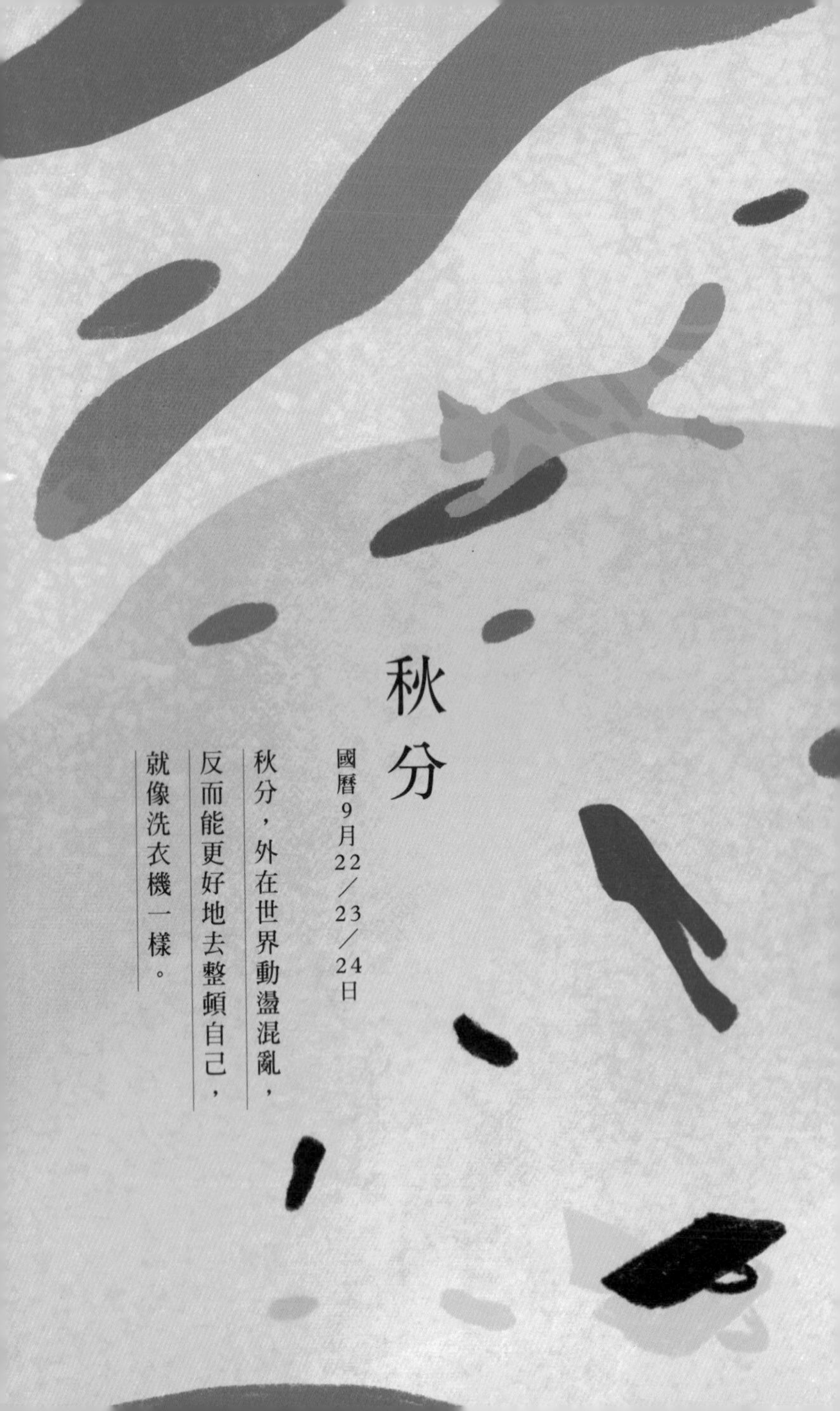

秋分

國曆9月22／23／24日

秋分，外在世界動盪混亂，
反而能更好地去整頓自己，
就像洗衣機一樣。

最深的休息，看來就像死亡

疫情稍緩，幾位同學回教室上課。我的交通時間還未調整得當，依賴居家瑜伽的高度即時，一只瑜伽墊上，開天闢地。於是瑜伽課，有兩個空間並行，線上與線下，老師做中間橋梁，倒也不覺有任何不通暢。

瑜伽畢竟能在任何地方。

瑜伽前，必要按摩，已成習慣。按摩不全為了根除痠痛，反倒像暖身活體，跟身體鄭重打個招呼。按摩許久，有個明確關於身體的理解——用花生球按摩心口時，已不再像從前那樣，痛得錐心難受。痛感還是有，但痛裡有舒張，舒張後見空間，有空間於是能呼吸暢通，彷彿每一次痛，都帶我到了更深的地方。而我跟痛之間，不再只有抵抗與防禦關係，還有看見與接納的共融。

那是做瑜伽，讓我敞開的，身體以外的更多其他。敞開的人，也終將看見敞開的生命課題。

老師說，之後觀察，痠、疼、痛、麻這些感受，不過都是氣的淤塞。既然淤塞不通，那就呼吸到不舒服的地方，再去深深地支持它一下，感受現場，也可以是你的調整現場。

老師問，同學有沒有特別喜歡，或不喜歡的瑜伽體式。有同學說，喜歡三角式補氣；有同學說，喜歡分腿嬰兒式，予人休息權力；有同學是點頭都好一派，都好都好；而我說偏愛橋式與英雄式一，英雄式一，是向光生長，準備出發的姿勢。

那麼討厭的呢——有沒有想到就想趕快快轉的體式？有，臥英雄、蝗蟲式、俯撐手掌式，我說我也討厭手抓大腳趾A、B。討厭的原因呢，通常都是痛到不行，或是出力遠大過於身體能給予的。

我們討厭的，經常是我們身體裡較弱的那環。因為不強，討厭鍛鍊。而討厭的，經常比喜歡的，更加明顯。

人有好惡，那是自然，老師沒有評斷，甚至沒有建議，只不過是知道而已，知道，並且安排。於是我們整堂課，既做了喜歡的，也做了不喜歡的體式。老師解釋每個體式真正要出力的部分，真正需奮力的方向，真正要留意的改變，讓我們著手調整。

比方手抓大腳趾A、B，首先求大腿根部發力，腿部伸直，「即便腿舉得不高，也是完全沒關係的哦。」咦，原來如此，突然想到，其實很多時候，我們討厭一件事情，往往也未曾真正了解過它。有時候我們的討厭，早帶著對事件的誤解，建立在錯誤的看見之上。

練瑜伽到現在，常感覺，身體其實能承受各種順向或反向的力矩，在體內同時發生——例如胸骨敞開，肋骨內縮，中心正位的站立姿勢；或肩膀下沉，手臂向上延伸的延展舒張；或左胯向後推，右膝蓋向前推，尾錐向下的立式。透過反向，校準調整，立在正位，身體一直足夠開闊，有更多的功課，在於我們是否願意覺察，並且調整。

最後我們做修復體式，先做有支撐的橋式，橋式練臀開髖，再做臥束角式，服務子宮與泌尿系統。老師說，做修復時，若是覺得很難待在那個當下，開始胡思亂想，那就離開動作，進入大休息吧——讓你的修復體式，也有休息的品質。

我沉入很深安靜，直到虎吉推門而入，在耳邊喵喵亂叫，我才突然醒來。或許他擔心，最深的休息，看起來就像死亡。或許從這個角度想，死亡未必這麼可怕。

把所有擁有的全都放下，允許一切重置，讓我們重頭來過。

食物變成養分，成為我的一部分

上完週六瑜伽課，正是中午，面向亮晃晃的正午太陽，跟H晃到附近小館，點香菇肉燥乾麵，在小菜櫃前猶豫，最終選了三樣澎湃小菜——涼拌芒果絲、油燜豆筍、怪味雞腿捲（以上為自行取名），再點一杯熱呼呼的伯爵紅茶（其實原本很想喝冰的），望著眼前菜色擺出小小一桌，好吃的東西，就是要跟友人一起吃，可以點更多啊。

我們聊起上週一起做家族排列的經驗，本來原先預想，要排自己與錢的關係，許多人在自我介紹時，都語氣堅定地說：「嗯，今年要認真賺錢。」後來實際的經驗是，我們共同參與了一個個案、排了自己跟母親的關係，跟錢的關係，跟自己的關係，都有點覺得，哇，有難以重述，或是描述還原的困難，總而言之，就是很好，有豐厚收穫，我真沒有想過，原來自己能這樣同情共感，原來當每個人都敞開的時候，所有人都會受益。

家族排列現場，我哭了三次，一次是看個案，一次是扮演另一位友人的母親，一次是最終結束練習，老師說，想像你面前站著一個你在乎的人，你把他其實要承擔的責任交給他，而你要承擔的責任還給自己。

我哭到眉心都皺起來。

哭完之後，覺得身體輕飄飄的，好像負擔被眼淚帶去很遠的地方，眼淚是滌清放水，它帶你的煩惱與糾結玩滑水道，你可以跟它們揮揮手，它們已經滑遠了。

我們一邊低頭吃乾麵，一邊說，啊，跟母親的關係真的神奇，跟母親嘛，就是臍帶相繫，母女相連，你一個皺眉，媽媽就知道了，真的。排列友人母親的時候，我鬆鬆肩膀，很快就想擁抱她，最初感覺，很中性地，抱著自己女兒的感覺，後來不知道為什麼，難以言喻地，一股情緒上來，我感覺好傷心好傷心好傷心，開始掉眼淚，哭到一個程度後，突然有一種，可以了，我要回頭支持的感覺，我輕拍友人的背，很想跟她說，媽媽都知道，媽媽怎麼樣都可以的。

後來我才知道，友人當時也近乎無聲地在哭，雞皮疙瘩。

友人排列我的母親時，母親牽著我的手，空間四處跑，遊山玩水，四處郊遊，偶爾我跑在前面，偶爾她跑在前面，最後我們一起決定停下來，很穩定卻自由的感覺，真的也像我媽跟我的關係。心裡有很深很深的感念，也對媽媽有想念。結果好神奇，隔幾天就收到媽媽訊息，說：「欸，你這幾天安排一下，回台中跟我辦點事情。」

金錢的排列就是——我看到我的錢了，可是我還搞不懂，它在想些什麼，幹嘛跑來跑去的，心中有疑惑，不敢抓住它，也不敢離開它。好吧，看來是緣分開了，正要建立關係。我們都在家族排列裡，拿到很多東西，帶領的老師說，你越是理解自己，越能去過有效率的人生，把自己人生活出應有的效能。我很喜歡這個務實角度，是啊，你如果足夠理解自己，也是能帶自己走出一條，最能放大的路。

總而言之，一邊吃飯一邊交換回想，最後兩個人都唏哩呼嚕地，把桌上一掃而空，H說，我們胃口很好呀，我說對啊，連身體都感覺好幸福喔。

食物，再度變成養分，接著不久，就成為身體的一部分，也成為我們的一部分，支持我們去過可愛的一天。

佛說

偶爾也想記錄，沒做瑜伽的日子。事實上，瑜伽的體會，並不全然只在做瑜伽的當刻，沒做瑜伽的日子，我的身體，還在行進，還在經驗世界。

瑜伽為我準備好的，是一副更有意願去經歷、與更有能耐覺察的肉身。回顧筆記，去年此時此刻，我也去做了家族排列，或許是秋日適合慢，適合看見，適合徐徐調整。

想起來，昨日做家族排列前，看到工作室裡，有幾尊佛像。佛低眉垂目，平靜安詳，嘴角淡淡笑意，佛無語，不可說，尚未睜眼見，已對眾生留下寬厚祝福——我信世間定有神，沒有特定宗教信仰，看見的那一刻，深受感動，收到暗示，我們真是被愛著的。

佛像照片，拼貼成一面牆，見佛的角度，臉上黃金比例，用兩個月的時間，雕塑成就一尊佛像。我問雕刻師，最難的部分是什麼？原以為會說是那細膩的髮首與螺髮*，雕刻師卻說，最難是持續——做不好持續做，做得好也持續做。

我靜默一下，把這句話收到心裡去。最難是對一件事情，無論是否拿手，都有恆常的耐心。

家族排列經常是手術開刀，一刀剖下去，兩手飛刀砸過去，向下見地獄，見愛恨嗔癡，苦厄念想，情緒糾纏，見心裡有怨，最終蠶食鯨吞，成為我們體內一道深深疤痕，接著我們學會，用扭曲的語言控訴，無論對象是自己或他人，都有傷害，於是情緒叢生成另一種形狀，如罌粟毀滅，抵達不了彼岸。

老師說，要允許自己像孩子一樣地表達，你要的東西很直接，很簡單，很明確，不用踩上其他位置，才能得到。

你只需要表達，說出來，你究竟在憤怒什麼，而你要不要去面對你的害怕。你想繞道而行，用理性抄捷徑，有時候是把內心那個稚幼的自己，留在原地哭。毫無感覺，其實並不見得代表成熟。

人人都想向上爬、蓋高樓的時節，家排場反其道地向下走，入地獄，清魔鬼，見眾生，看自己。清理自己內心，像整理一片雜草叢生的土地，建立個更堅實地基，讓什麼都有機會，在上頭生長出來。不然樓再怎麼高，沒有底層地基，那也全是虛妄幻象，也是海市蜃樓。

其實家排場經常是這樣的，即便不是案主，都深受震動，小劇場翻攪幾回，用眼淚超渡，是見一個勇敢的人，即使害怕，依然想面對生命的苦難劫數。勇敢大概，也是能感染的吧，鍛鍊一顆，即便害怕，也去面對的心臟。

無論那是練習獨立扛責，看明白自己總是依賴；還是放下一切顧忌地，那樣去愛，那樣終於原諒自己，就像原諒別人。

入過地獄，不怕見自己身上魔鬼。

而佛說，祂對眾生皆有祝福。

注：髮首，佛陀頭上的肉髻

寒露

國曆10月7／8／9日

我們練瑜伽，
有時候，是為了回到那全然沒有的狀態，
去再次重來。

任何空間的爭取，都要歷經辛苦

上完早晨瑜伽，噴酒精，清潔瑜伽墊，用吸塵器清理空間的時間，我充滿敬意——感謝這一個空間，反覆成立，又反覆為我解散的過程。

國慶期間，寒露抵達，房間氣溫還很熱鬧，我做著第N個下犬式循環後，臉頰滑下幾滴汗，分心地這樣想，並且感覺食欲之秋，肚子餓得更快更凶，吃得比前幾週還多。

老師上課暖身時，有個比喻，我很喜歡——外在世界動盪混亂時，我們反而能更好地去清理整頓自己，就像洗衣機一樣。腦海瞬間冒出畫面，高速旋轉，扭乾擰水以後，爽利地抽出幾件白色衣物，有洗淨的氣息，拎到陽光底下，去曬一曬。

想著這樣的畫面，大概也能不這麼怕外在風雨吧。「風雨是為我清洗。」這樣去看。

循環做了幾組，留意執行品質那樣地去做，即便覺得累了依然持續，感覺能像自己交代的，有點心滿意足。

重新思考，一個下犬式的生成，骨盆前傾，臀部推高，薦骨去找尾椎，到底是怎麼樣的行進方向，再一次感覺到身體器官更細緻的語言，更細微的動態。練瑜伽也是練那內在執行的細緻，或許看上去幾乎沒有差別，不過你並不是追求看起來相像而已，而是練習去做到，兩者之間，仍有區別。

區別與否，你自己知道。

做扭轉，補腎氣，瞬間明白，任何要爭取空間的事情，都必要歷經辛苦與改變，那個辛苦其實來自於，遠離舒適，脫離常態，也知道那樣是必須的。於是也沒什麼好抱怨的，身體的獲得，經常是這樣有來有往的過程。

然後練習手倒立，翻了幾次，趴下來做分腿嬰兒式，分腿嬰兒是一個允許的體式，允許自己休息，允許自己無為。每做一次，都得到一次暗示。

大休息，靜坐迴向，有同學還在前一個體式，深深睡著。那也沒有關係哦，老師說，你能這樣放鬆休息，也表示你的身體需要。

我於是也原諒週間不小心躺平，瞬間暴睡的自己。

迴向時，感謝自己已擁有很多，並且許諾，要把自己能夠的，也好好地給出去。雙手合十，舉到眉心，接著伏地鞠躬。

虎吉撞門而入，喵喵示意，那麼你該為我開個午間罐罐了。

回到全然沒有的狀態，去重新開始

近期秋燥，身體疲倦，明明睡時極長，卻感覺怎麼也睡不飽，像體內有隻渴望秋眠的獸，整個人也有點乾癟，於是哪日突然靈感，開始在週間早晨，練陰瑜伽（Yin Yoga Flow）。

剛開始練陰瑜伽，說真的是因為想偷懶。

據說陰瑜伽是關注呼吸品質與深度放鬆的系統，陰瑜伽慢，很慢，每個姿勢停留很長呼吸，單一體式待上三到五分鐘，停這麼長的一拍。

雖是因著懶散開始，卻發現陰瑜伽是另一種維度的鍛鍊，半點不輕鬆，停拍長不見得就悠閒，反而感覺，身體原來能不斷地，再下到更深地方，在那很深很深的身體深處，還能休息，還有呼吸，還見得光照。

而重點，似乎也不是去到多深，而是再往下的過程，究竟看到與經歷了什麼。

我想陰瑜伽來到我的生命裡，有其原因，想教會我——慢一點，再看一次，再經驗一次。

多數時間，我做下半身開髖，例如進入鴿式，或敞開蛙式，連連喊痛，於是也發現，髖部是穩定中樞，支持了人體的全數重量與埋藏壓力，因此我有許多課題，全集中在髖部——髖部緊得不得了，有時候痛得眼淚也直接逼出來。

剛開始練鴿式，從單腿下犬式進入，Three-Legged Downward-Facing Dog，接著一腿髖部貼地，一腿小腿與前緣平行，腰椎打直，雙手撐地，還是隻抬頭鴿；接著腰桿向前摺，棒撐俯地，額頭貼地，慢慢把身體放鬆，敞開更多，一隻趴地鴿。左右髖部緊度不同，身體往下趴的時候，聽見細碎的身體訊息，有不同的話想對我說。

做髖部伸展，實則是設定意圖，想清除過往無意或有意累積的，對身體的暴力及殘忍，恐怕那些訊息鑽進身體裡頭，成為身體僵固記憶。我想釋放那些尖銳的、混沌的、不安的，存放在髖部與腹部的能量，不想再讓過去綁架現在，不想讓過往經驗限縮了生命應有的空間。

在那樣的鍛鍊裡，堅定地告訴自己，你已經離開讓你受傷或是憤怒的那一刻了，你的情緒已經離開了，已經沒有什麼能夠不經你允許傷害你了。如果可以，請慢慢回到這個當下來，回到此時此刻，睜開眼睛，從今以後，都是新的。

做完髖部開展，在疼痛中辨識曾有的傷害記號，與那巨大的疼痛和解，知道當時的情緒也是為了拯救當時的自己，而那段時間已經過去了，重新看見，並且感覺自己彷彿也再次出生，成為一個新人。

髖是一個容器，承裝人類的眾多祕密，就像，我們身上的自帶樹洞，替你收留，為你可惜。

每每靠近髖部，我得到的訊息常是——你的生命有更大的課題想經歷，而你的身體亦然，渴望更大的空間展現彈性。定期整理，就是為了騰出這樣的空間來。

最後再做快樂嬰兒式，好喜歡這個體式，躺姿，背部貼地，彎曲抱膝，接著雙膝向外張開，雙手抓著雙腳外緣，據說快樂嬰兒式是我們降生人間的最初姿勢——充滿喜悅，懷抱彈性，全身連結，歡迎所有的可能性，來到我們的生命裡。

我們練瑜伽，有時候，是為了回到那全然沒有的狀態，去再次重來。

霜降

國曆10月23／24日

有些身體部位，始終緊繃疼痛，難以疏通，

你就想成，

它之所以如此吵鬧強硬，

那是因為它有需要。

日日也可以重生

霜降深秋，是秋天最後一個節氣，揭開冬日之始。台北也終於溫度降下，二十度出頭的氣溫，添件風衣外套，巷弄散步，能步行很遠。

霜降適合補陰潤肺，宜吃白色的食物，蓮藕、山藥、銀耳、薏仁、杏仁皆好，都來一點，秋日也宜登高望遠，敞開胸懷，呼吸新鮮空氣；相較夏日，能睡得更長一點，但可別賴床。

此時感覺自己身體好有趣，一來有秋睏之感，更加貪睡，累感明顯；二來第四季追趕各路行動，心難免有焦慮緊張，大腦遲遲閒不下來——想把醒著的時間，全數加倍應用。

好像兩種作用力，互不相讓，強行想把身體扯開，一種略帶暴力的反向。

此時瑜伽，不僅是練體舒心，更作為一個必要的暫停時間——提醒自己定時清理，別把已逝的昨天背負至今天來持續扛；留意自己是否呼吸，再三肯定休息有其價值；

感謝自己騰出時間空間，把觀照自己當作醒來第一件要事來辦。

做瑜伽的時候，很容易感覺到自己當時當刻如何看待時間——例如三十分鐘的練習，是覺得意猶未盡，還是剛過二十分鐘就心有不耐，開始倒數，都是可能的瑜伽狀態。而焦慮時期，特別容易不耐煩，想抄捷徑。

瑜伽是為了修煉平靜，卻也不是時時刻刻都能處於平靜裡。光是意識到，自己正處於焦慮狀態，已是很好提醒。有時也能再客觀一點看見，焦慮並不是要被強行擦去或否認的情緒，許多時候之所以如此焦慮，那也是因為對目標如此在乎。

既然在乎，也去承認與看清，在乎的事情多半都是長途馬拉松，尚未到半途，不要強行用短跑速度來達陣。

你這麼在乎，那就不疾不徐地，長跑跑過去。

然後練習不顧一切地，去做瑜伽，並且去休息。

秋日練瑜伽，暖身先用黃色按摩球滾動小腸，由左至右走一個M形，老師說，腹部是你的情緒中心。深深地壓進去，可能還會有些情緒冒出來哦，可以的話，去觀看但是不要評斷，甚至也不要想著要解決。

抱有一點好奇去觀看，啊，原來我是這樣想的。

我吐出好幾口沉沉的氣，知道腹部為我作前鋒，擋下不少日間壓力，讓我能無礙運行，心生澎湃感謝。

邊吐氣邊覺得，長大之後許多練習，常是還原孩童時期，例如，帶著好奇之眼去看，邀請更多訊息能夠進來；或是全心全意地在這當下感受，那介於過去與未來之間的，逢魔時刻。

老師說，練習一個溫柔而有耐心的眼光，看向那些不能的時候。有些身體部位，始終緊繃疼痛，難以疏通，你就想成，它之所以如此吵鬧強硬，那是因為它有需要。而你正在聆聽並且回應這樣的需要。

身體做載具，訊息縱橫，能量阡陌，在那之中，看見事物自有中性。

We learn and we unlearned.

我總覺得，練瑜伽迷人之處常是，我們總有機會，清空身體負重，更新載體，從頭開始，再去重新經驗與累積。

於是明日又新，日日也可以重生。

有些事情已經過了

「你們研究星座嗎？」

瑜伽老師問，今天是同學們告別疫情穴居，回瑜伽教室實體上課的日子，小班全員熱鬧，在我們都喜歡的，有窗透光的老教室。望出窗外，樹影搖擺，風吹進來，動態的平靜。

我們今天談起療癒與創傷，本是一體雙生。

接續星座話題，如果土星象徵著十年二十年的磨難，那麼凱龍星則是一輩子的，內在創傷，幼時卡位——是在你小時候就妥妥送進生命的議題，要用今生體會，走完這輩子來渡與明白，寫入你墓誌銘。

從這個角度想，墓誌銘寫的就是，你如何用一生，回應你最在乎的事情。

有些發生你已經完成了，有些尚未經歷，其實人生嘛，日復一日面對的那些，才成為你的經驗，像湯姆克魯斯走進遺落戰境，日日死，可也日日生。老師信手拈來，就有開示。

看著同樣問題，決定用新的方式解答，就像，我也是新的那樣。我有時候覺得，人是在調整自己面對事情的方式後，重新出生的。

辨識出往復經驗，感覺時間並不只是線性的，改變這刻，說不定重置了過去，也異動了未來。

所以我覺得生命好奇妙哦，老師說，我在心裡點頭。覺得也是近日體會，所謂人生，便是你有意識地去經歷過什麼的聯集組成。

開始做下犬式，停留五個呼吸，感覺今日身體不太和諧，老師說：「采岑你左右手張力有落差，要留意哦，若是重訓前後，要記得按摩伸展。」立刻就被看穿。

身體留線索，按圖索驥，於是知道你經歷過什麼，傷痕也是，更多時候，身體替你記得，沒有丟棄。

做瑜伽的日子，也去整理自己身體肌肉血脈筋絡之中，經歷過的所有——有些事情已經過了，就要讓它過去。有些事情即將到來，那就要更好地準備自己。

老師做動作時，經常提醒努力的方向，比方說做三角式時，必須注意——脊椎伸長，沿著中脈，左右兩側空間均勻，若有受阻之處，氣就容易滯留，氣若不通，也容易胡思亂想。就是我們常說的，嗯，感覺最近有點卡卡的，想不透徹。

試著把氣送過去，送到指尖，送進側腰，送往腳底板，若是無法抵達的地方，就是沒有空間的場所，容易潰散，要開始練習——去展開更細緻的鍛鍊，就是一種你能為自己做的準備。

我感覺那也是一種，更有承擔地照顧自己——我知道我現在在哪裡，也知道我想怎麼為自己調整，沒有心急，也沒有放棄努力。

像駛一艘船，噸位重了，航入大海，熬住巨浪，不驚波瀾，願望人生精彩，也去養成那樣的意願與意志。

在浪來之際，還能去衝一衝浪。

週六早晨，我們待在瑜伽墊上，去了星河，去了大海，抵達了許多地方。

立冬

國曆11月7／8日

有意願很重要，
有意願的人最大，
無所不能。

還是痛，只是不再不能忍受

週六早上瑜伽課，持續地做，緩慢地做，成長地做，到了將近年底，還是非常喜歡瑜伽。進門，教室擺了株生氣盎然的鹿角蕨，老師說，今天邀請它跟我們一起上課。

照例全身按摩，體察身體需要，接著用黃色的球左右滾鎖骨位置，再滾到胸骨，卡住的地方停留幾個呼吸，胸骨中間是膻中穴，解鬱結。以前按壓胸口，幾乎總是很痛，心口難開，今年大概有話就說，有事就做，身體也晴朗不少。

總覺得，還是痛，只是不再不能忍受。

颱風過境，空氣很溼，做完蝗蟲式，滿身大汗，並且一直忘記縮下巴，感覺全班瀰漫一股累累懶懶的氣息，集體傳遞需要休息的強烈訊息，老師說，唉唷，感覺大家今天都很累哦，許多人就點點頭。

瑜伽經常做的是觀察與同在，而不是強迫與強要，講來很輕易，做起來還有許多模糊空間，有待建立邊界，練習去識別——自己目前正處於什麼狀態之內。

我跟老師說，好像做久有些頭暈，老師說：「嗯，因為你做蝗蟲式，習慣閉氣，所以缺氧不舒服。身體在做扭轉、伸展或壓住肚子時，橫隔膜空間不夠，所以呼吸特別要練習。」

我於是再次確認，我是個習慣性閉氣的人，閉氣有閉氣去得到的地方，可是，我也想練習呼吸了。

有意願很重要，有意願的人最大，無所不能。

空氣溼黏，想東想西，鹿角蕨生機勃勃，班級懶氣四溢，我分心地任由想法亂飛，於是被老師連續抓到兩次放空——「采岑，你現在飄到哪裡了呢？」瑜伽老師很可愛，足夠人性，有她自己的小脾氣，該點醒則點醒，該給愛則給愛，該叨念則叨念，該鬆則鬆，心無窒礙。

我後來想，師徒關係，其實不以能力高低區別，而是，你信任對方之於你的觀察與判斷，無論主觀客觀，你願意循著他為你指出的那一條路去行進，你願意跟他學，那個起始點，本身就有承諾的原型——你的老師，也是你為自己揀的，你自己願意的。拜師求學，其實就是一個相當主動的位置。

慶幸今年遇到不少好老師、好教練，於是知道自己渴望規律與秩序裡的創造，知道自己還可以學，知道自己如此喜歡，去當一個學生。

追求一種踏實的做到

月經來第二天，身體好沉，把自己從床上打撈起來，甩掉想睡的一身懶氣，七點出門，做早晨瑜伽。睡眠很惺忪，心裡有期待，能夠好好整理自己身體的，那樣完全保留的時間。

上週忙工作，推動募資上線，看數字翻跑，一直覺得身體緊繃。好像夜間入眠，那些數字還壓在我身上，不斷跳動。

老師慣例問，大家都還好嗎。我跟老師說，上週腸胃炎，這週月經來，露出討拍姿態，老師說：「好哦，那今天就用你可以的速度來吧。」我喜歡老師回應討拍的方法，讓人感覺安慰，又把力量輕輕還給對方，說到頭來，那本來就是自己得去理解，並試圖解決的事情。

討拍完，再記得把責任拿回來。

腸胃炎時，不太能吃東西，我說覺得少了許多快樂源頭。老師說：「很好啊，至少你知道怎麼讓自己快樂，而大家都可以一起思考——平時你怎麼安慰自己，去觀察你的方法，去看這件事情有沒有過度傾向，有些方法如果過度，有可能反而傷身，開始留意這件事。」

不太能吃的日子裡，我也開始培養新的快樂習慣。比如說，在不冷的夜晚，長長的散步，調整習慣移動速度至70％，看看會有什麼不同；在擁擠的車廂裡，看一本書，或觀察低頭滑手機的路人；或是乾脆，小口小口地吃飯，很慢很慢地喝湯，對於能吃這件事，充滿感謝。

今日瑜伽，我們做拜月式與下犬式循環，深深呼吸，深深吐氣，讓每個體式之間的循環與努力，帶我們到更深的地方。

有些體式不能做到，那就停留在自己做得到的地方，再去努力調整，要奮力的方向，是去實實在在地行動，而不是給出一個，表面的，看起來很像，實則錯誤的姿勢，在那個過程，去練習一種，真正的，並且踏實的做到。有沒有做到，心裡知道。

大概很多事情也是這樣的，未來我想追求的，也是更內外一致的東西，是什麼，便是什麼。

大休息時間，老師說：「采岑肩膀再放鬆一點。」用手掌輕壓，讓我的肩膀完全貼地，於是感覺到——看起來放鬆，與真正放鬆仍有所區別。

要把一些背負的東西，還在狂奔的思緒統統放掉，才有辦法好好休息。你不願意放掉，也難以達到休息該有的品質。

上完瑜伽課，整個人輕飄飄的，心情好好，早晨瑜伽後，幫家人買早餐，準備更衣上班，不過才早上九點，覺得自己又能有所貢獻，這樣的醒來，我真是喜歡。

小雪

國曆11月11／12／13日

先有覺察，就能調整，於是開始不同，
瑜伽本是如此，跟人生一樣。
沒有什麼好怕的，
既然看見了，就能改變，
慢慢來，用自己速度便可以。

因為真正的獨立，所以自由

因為需要，本週上了兩次早晨瑜伽。很多事情我偏愛晚上做，而瑜伽我尤其喜歡早上，溫柔有力地，把自己喚醒。

老師調整課程時間到九點，畢竟週六嘛，走進教室時我還愛睏，連打呵欠，所幸有長長的按摩時間，用花生球叫自己起床。

老師慣例問同學們狀況，有同學說，近期常作夢，夢裡魍魎，覺得睡眠品質不好。老師遂講在阿育吠陀（Ayurveda）的體系中，身體有各種形態，比如風型容易害怕畏懼，火型容易憤怒，水土型容易依附沾黏。

阿育吠陀是生命的科學，老師說，風型的你，要不要試著去觀察，你在害怕什麼事情——觀察就是，你既是在經驗，也對那經驗有所理解與體察，於是，你能不被經驗牽著鼻子走。我想想我也大概是風型吧，害怕緊張焦慮，都不是陌生情緒。

老師說：「知道風型人為什麼常常害怕或緊張嗎？因為你的注意力常常被其他人、

其他事吸引，不在自己身上。如果你願意觀照自己，就不會那麼害怕。」

按摩時間長，不知道為什麼話題聊到佛家輪迴。輪迴轉世，起因有業要修，動力是你的愛恨，人之所以為人，就是因為有愛恨還放不下。我從小是愛恨分明的孩子，喜歡黃色討厭紫色，長大後經常練習，理解自己，而不總是主張，或以自己的主觀論事，愛恨也有度量，不必凡事非一則一百，非黑即白，便也覺得，視角變得更開闊自由許多，對不喜歡的事情也能有同理生出，或甚至願意嘗試。

嘗試之後常常忍不住想——我為什麼先前這麼討厭呢？人或許是在面對自己原先討厭的事情裡，生出擴充之心，生命也開始變化。

老師說是呀，這是一種真正的獨立，你因為獨立，所以自由。如果總是被愛恨牽著走，一個人其實什麼選擇也沒有，我覺得這句話非常強大，把它收到心裡去——愛恨構成你，不過呢，你也還是有所選擇，不以愛恨為界，人生會燦亮許多。

回到夢呢，若夢是黑暗的，表示還有些業在修，若是逐漸轉亮，表示你也已經經驗許多，修業不少。如果夢裡有你怕的東西，大抵是你也正在面對它，沒有逃跑。

今天我們還講了身體運行的不同層次，骨骼的層次，肌肉的層次，器官的層次，接著是氣的層次。許多時候，瑜伽的修煉，是氣的層次，感覺你的氣在穩定的骨架肌理之中，去自由運行，骨架肌理在正位是根本，要修的是氣，肌肉無法去到的，氣可以支持。比方說我們做個盤腿坐姿，手撐地，遂把自己的身體整個撐起，過去做這個動作感覺是天方夜譚，有氣支持，也可以離地幾毫米，身體好神奇，總是給我太多驚喜。

修復體式，先做橋式，接著再做肩倒立式，覺得感謝身體陪伴我經歷這麼多事，修復體式，心有感激，感覺疲憊的身體，跟充滿愛恨的心，都好深好深地休息。

修復體式的背景音，是一人反覆念：「I love you. I am very sorry. Please forgive me. Thank you.」那是我想跟身體說的話，謝謝體內的空間與眾生。

因為你有承擔，所以世界對你好

下過雨，天空很乾淨，像清理過的身體臟器。老師說，冬天時，風能與水能豐富，於是我們要補腎氣，腎是掌管水的器官。

用花生球與黃色圓球按摩，手掌、頭部、背部、胸腹，還有大腿內側連線，接著老師說我們來按腳底板。

用黃色圓球，滾動腳底至腳緣內側連線，按摩腎經，照海穴、然谷穴，在痠痛地方停留，然後中性感受，原來那痠是這樣子的。

接著用黃球，壓進腳底前三分之一的凹陷處，湧泉穴，壓上身體重量，唯有源頭活水，接著調整，自己能接受的重量，再壓更深一點，停留，直到聽見身體淺淺嘆息。

清理自己身體，以一種願意理解的意圖，與耐心。我們照料腎氣，腎氣連結生殖系統，想像那是我們體內最原始的起步，父母給予我們的，身體裡的第一筆定存，有他們的愛贈。

接著做肩倒立式，雙腿向左右兩側打開，閉上眼睛，進入接近冥想的安靜狀態，感覺自己髖有點緊繃；接著收腳，腳底板對上另隻腳底板，雙腿呈向外く形，再把腳底板慢慢打開；最後伸直雙腿，手掌放置在肋廓，呼吸。

出發前，感覺這一週前進以後，身體很疲倦，幾個按摩與體式，於是明白休息方法對，時間不必長，身體就補氣。

接續做下犬式循環，先做長拍，再做短拍，一個呼吸一個動作，感覺自己在身體的河流裡頭，跟著下犬式、英雄式一、俯撐手掌、八支點地、蛇式或上犬式、下犬式順流，再換另一邊，左右對稱邊這樣連續做。老師說：「采岑要留意你重心偏右，力量都壓在右肩右腿，要調整，才不會忘記待在正位感覺。」

其實慣用單邊，可能是依賴強的，也可能是逃開弱的，無論如何，重新看見兩邊都可以支持你。

先有覺察，就能調整，於是開始不同，瑜伽本是如此，跟人生一樣。沒有什麼好怕的，既然看見了，就能改變，慢慢來，用自己速度便可以。並且，透過展開某些其實你並不習慣的方式，轉化現在既定模式，那也是人生的變化。

做瑜伽時拿到的許多道理，也跟我一起邁開步伐，過街，走到雨後乾淨的日子裡頭。一邊走，一邊覺得自己真是幸福的人，拿得到這麼多調整訊息，感受到世界好意。

想到老師說的那麼一句話——正因為你有承擔，所以世界對你好。

養腎氣，是當自己是孩子照顧

今日起床很早，騎腳踏車，前往瑜伽教室。雖是冬日，太陽耀眼，沒有日照的街巷，風吹來有一點涼。今日瑜伽教室，老師帶領一日僻靜，我們一班學生，一起鍛鍊煮食，滋養身體，度過向內探索的一天。

冬日補腎氣，理腎經，老師說，腎是主管跟恐懼有關的器官——《黃帝內經》云：腎在志為恐。若腎氣不足，心容易怕，故有恐怖，也有畏懼，就容易惴惴不安。

原來如此嗎？冬日難免覺得有驚弓之鳥之感，原來是腎在發出訊號。

我一一筆記，腎經跟泌尿系統，互為表裡，由腎主控分類，能滋補體內的就分派體內，對身體無益的，就送至泌尿系統排出體外。冬日尤其適合整理這塊連結關係，「於是我們今天呢，要花一整天時間，來補補腎氣」。

同學們九點前就抵達教室，多早起，不免有睏，軟言軟語求情，小孩模樣，我們還沒醒，不要太累。老師說，還是要先把一些力氣提出來，才有空間，能補氣進去。於是我們也就，乖乖地連續做了幾個拜日式循環——若有力氣，可以改做蝗蟲式，接上犬式，考量自己身體狀態調整。

拜日式循環，是身體甦醒的體式，告別水能，甩開懶洋洋氣氛。

討論腎氣時，老師有個說法我很喜歡——不妨把腎氣想像成是，父母提供給我們的第一筆，身體裡的定存。那是他們身體裡最精華的東西，傳承給了我們。又講多了一點，若有備孕打算，也是要養自己體內腎氣，留給未來孩子；若是未有懷孕打算，腎氣也是精華，就像，你當作照顧個孩子那樣，去滋補自己，養自己體內小孩。

簡言之，養腎氣，就是當自己是個孩子照顧。

所謂照顧自己，務實來說，就是養好身體。

說起來是容易，做起來也要時時提醒，提醒自己不要踩進殘害自己身體的循環裡，無故生氣，慣性熬夜，也有傷害。

拜月式循環後，緊接開胸，接著再做橋式修復。老師說，即便沒氣力，如果一開始就做修復體式，也很難靜下來。先去出力，有其必要對不對。老師的要求溫和，不過堅定。事有先後，該準備的事情，還是得做的。

接著老師說，既然腎主管恐懼，所以接下來，我們要來探索恐懼。

想一想，你最恐懼的事情是什麼？我們同學兩兩一組，面對面坐，看進對方眼睛裡。一方是全然的提問者與傾聽者，只能提問——你最恐懼的事情是什麼？一方回答。接著再次提問——你最恐懼的事情是什麼？無論對方怎麼回答，都是同一個問題拋回去。

只有一個問題，躲不開，一路往下探，找到鑰匙，打開自己的地下室，向下走，去看一看自己恐懼的形體樣態。帶著一點好奇，拿著手電筒，去照一照那深層地方，想知道那裡究竟有什麼。

你最恐懼的事情是什麼——語言表達，為之命名，就有了界定它的權利，與看清它的能力，因此也能辨識它，甚至好好欣賞欣賞它。

原來我的恐懼是這樣的，藏在我身體裡這麼深的地方。

有人的恐懼是存亡目的，有人的恐懼是脫序失控，有人的恐懼是無端錯過，有人的恐懼是人生虛無，有人的恐懼是最終什麼也沒有，我覺得那些恐懼，也都好像我。

而當恐懼有形有體，能被言說，化作語言，感覺也不那麼恐怖。有時候說出來，恐懼也就逐漸，在眼前灰飛煙滅。

我們跟恐懼交手，也是有意願，想往自己的內心更加靠攏。

第二輪，老師請我們造句：「我最害怕跟你說的是——。」一方專注聽，一方則連續說，完成句子，可能眼前會閃過，曾有過不同連結與關係的對象，比如說：

我其實害怕跟你說的是，我並不愛你；

我其實害怕跟你說的是，你讓我覺得非常受傷；

我其實害怕跟你說的是，我並不想跟你來往；

我其實害怕跟你說的是，我常常感覺很孤獨；

我其實害怕跟你說的是，我依然非常想念你，你在我心中舉足輕重。

我跟同行友人H做練習，吐出的句子裡充滿關係，我聽她說，一邊掉眼淚，一邊感覺承認的力量好大，足以召喚同情共感，足以連結彼此弱小，於是不再害怕說出。牽手去看一看那地下室裡藏有什麼，感覺生命裡頭總有些未完待續，一部分的故事，正活在我們的身體裡頭。

身體都知道，身體替我們保留。老師提到，我們進行的這些練習，也是意識層面的清理。

兩人一組，是去心疼對方的恐懼，也去心疼自己的恐懼；接著看穿自己的恐懼；並去經驗自己的恐懼。有時候是，你去經驗了，也發現沒這麼可怕了。恐懼就在那裡，等你去經驗它，來到下一個介面。

世事不過，有不如意，那就期許，下次調整，做得更好，如此而已。去信任你擁有的這段生命，在經驗之間，培養觀者的眼光，與如如不動的自信。

你同時是自己生命的觀察者，與經驗者，這並不互相衝突。

「好了，哭完，擦乾眼淚，可以去煮飯囉。」老師說。

大雪

國曆12月6／7／8日

在亂世裡頭，

做一個有時間做下犬式的佳人。

Tomorrow Is Another Day, but Until Tomorrow, I Want to Live in Today

第四季，就這麼一路忙碌至十二月。天氣漸冷，卻感覺身體發熱，覺得自己像列停不下來的火車，持續燃煤，不斷加速，日夜不休，想趕上前方落差的距離。情不自禁，咬緊牙關，高速前行。

偶爾收到手機跳出通知：嗨，本週使用手機的時間，相較上週成長15%，連續兩週正成長，下意識算出WoW成長率，下方圖表示意，顯示自己有幾%人生掛在手機上頭，實在不是什麼值得誇耀事情。習慣用數字化的方式理解事情，順便也數字化自己的階段人生。才想到自己連過馬路，匆匆看綠燈通行，就繼續低頭回連串工作訊息。想做的事太多，訊息更是回不完的。

伴侶夜裡語重心長說：「你是那種，一用心，就整顆心都百分之百栽下去的類型。於是我很清楚，現在就是你的工作時期。」工作忙碌的日子，吃掉了我身體將近九成產能，其餘事情，我毫不上心，只管發懶。有時候，甚至認為自己沒時間，或沒辦法消化自己的情緒。

被看穿，於是眼淚直接掉下來，一哭潰堤。好像那火車其實燃煤將盡，硬是撐著跑，以為不著痕跡，卻被一眼識破。哭是要哭的，哭完眼睛腫，心裡卻覺得有點輕鬆。

好像發覺，自己撐著不放的，並不是什麼大不了的東西，喊累也不是什麼驚天動地的消息。不過必要休兵，讓自己有機會徹底清理，再添儲煤與存糧，才有力上路。

休息是一次次的，邀請我們回到生命裡頭感受的提醒——提醒我們如實經歷，所有正在發生的當下。拋開預演的心情，暫放目標的設定，回頭照顧當時當刻的自己，理解自己真有需要，不再無視，不再掉頭走開。

全心全意投入與拉一條休止線，都是我們的練習。

於是總是，次次調整，也因此，次次也比前次，更能意識到自己需要休息的徵兆。為自己拉起煞車，下車，乘一乘涼，做做瑜伽，曬曬太陽。

等待時間到，燃煤已齊，車況完好，再次出發。

跟自己說：「Tomorrow is another day, but until tomorrow, I want to live in today。」

在亂世裡頭，做一個有時間做下犬式的佳人。

回想成年後，有個習慣，近乎動物性，我會預先準備好吃的，給明天後天或是來週的自己。

其實並不是個特別熱衷規劃的人，唯有食物，想得很遠。

採買時的心情是這樣的——明天有大活動，回家時應該會很想吃點甜點吧；下週想專注做年度報告，開冰箱時，要有甜美的食物才行。甜食撫慰，再把冰箱飲料擺滿，當飲料富翁，感覺便富有。

大概有點，儲備冬糧與緊急應援的概念。是過去的自己，對於未來送往的一則救難訊息。

昨日結束年度大活動，長眠，睡到奢侈九點半，做完瑜伽，打開冰箱，看到自己前日準備的抹茶達克瓦茲，覺得很被自己照顧。

我咬達克瓦茲，開罐罐，餵虎吉，覺得我們的一日，都從滋養開始。

我想人是這樣的，先滋養好自己，體內才生氣力，支持其他人（或貓貓），那樣的支持乾淨明亮，不摻其他雜質。

沒做到的，還可以下次再來

早上八點，瑜伽課補課，許久沒有七點起床，在床上掙扎片刻。虎吉溜進被窩取暖，摸摸他耳朵，冰冰涼涼的，坐定以後，虎吉發出淺淺的，呼嚕聲。貓貓也覺得冷，這是得把毛蓬起來禦寒的冬天。

決定起床，已是十分鐘後事情。叫車出門，抵達教室，正好八點。我通常上週末課程，平日補課，會遇到不同同學，感覺老師也順應同學調整帶領節奏。

再聽一次老師談花生球按摩，想的不是按摩，而是要為身體筋膜補水。像早晨起來的，澆花灌溉，把自己當一株植物照顧。

先是大面積的，沒有等差的按，接著才是細膩地，壓進某些需要特別加強的地方。雖然很想對症下藥，但其實大面積地按，放鬆筋膜，再單點按摩，是更有效的。身體是一整個連線，環環相扣，總有相連。

使用花生球的時間，就是重整連線，那是你能對自己做的，最簡單的照顧。

老師帶我們做手抓大腳趾A、B，用瑜伽繩做輔助。瑜伽繩跟瑜伽磚等輔具，就是我們延伸的手腳。有新同學緣故，老師講得很細，我溫故知新，重新校正自己的努力方向。例如，先求腿完全伸直，前腿與後腿用力，腳尖勾向自己，再求能拉近胸口；留意下肢用力的時候，肩膀內縮聳起，試著放鬆，壓平——看見自己其他部位的緊張與用力，真正專注在需要出力的地方，去做努力。

努力時，眼神柔和，心情平靜，努力完，試著放掉，不再耿耿於懷。知道生命也是這樣，我努力了，我放下了，一次一次地練習。

沒做到的，還可以下次再來。

再做幾組英雄式，老師說，做英雄式時，想像你的足弓底下，藏有你最寶貴的東西，而你的腳刀踩實。骨盆擺正，前腿曲，後腿直，你的後腿到手指尖，其實就有一條連線，你能不能感覺到，那條連線就在身體裡，那條連線就是你的身體。

課上遇老友，我們閒聊說，上完早晨瑜伽，整理自己，再去上班，感覺真好，就像，今天如何開始，是你為自己做選擇的。

十點下課，紛紛更衣，揮手道別，離開教室，搭車上班，我們的一天才正要開始。那樣的開始，如此嶄新，如此明亮。

因為十足奮力，所以也十足幸福

週末起得早，早起餵貓貓。研究最快的公車路線，走一段出門，陽光正好，公車搖搖晃晃，難得最早抵達瑜伽教室，原來早晨教室這麼靜。

搬來一張瑜伽墊，走到習慣的位置，開始用花生球。享受只有我一個人的教室。十點到，同學陸續推門進來，花生球時間，是老師理解大家狀態的時間。老師會一一唱名，然後問，今天好嗎？

偶爾要這樣問問自己，今天好嗎？從答題速度，理解自己，狀態若不好，就有長長靜默。

一同學說，先前去整脊，才發現自己脊椎節節歪斜，心有懊惱，怎麼把自己身體搞成這樣。老師很長時間只是聽，接著才說，其實許多人的脊椎都是歪斜的哦，脊椎骨架的歪斜，有時候是為了保護某些臟器。

例如青春少女時期，若肝火旺，常有脾氣，脊椎可能就歪向肝臟位置；或是心口不開，骨骼內包，也是為了保護心臟不受傷害。有時候我們看見外顯的結果，難免對自己有責備，可也或許，是彼時的救命。

我把這訊息轉譯，收進心底——如果這樣想，也能給自己一點寬容。反正我知道了，逝者已矣，往後我可以調整，也有能力做得更好了。能夠為自己做得更好，就是我的成長所在。

練拜月式循環，停長長的拍，細細微調用力方向，比如說右手肘跟左手肘的位置是否相映對稱，下犬式的重心能不能再向後放，於是發現細微調整更是累人；再練三角式，扭轉更多，想像身後真有一面牆。

老師說，去聽聽教室內同學們用喉嚨後的空間呼吸，如一片海潮。我想像，整間教室能量場相連，我們都在海裡頭，各自奮鬥。

接著老師打定主意，希望同學們再推推極限。我們呈高跪姿，腳背壓地，大腿與胯貼牆，手掌推牆，上身微微後彎，推離牆面。看上去佛系的姿勢，多有用力，全班同學凝神，連做幾個循環，接著轉入駱駝式，身體後彎，抓住腳跟，若距離腳跟還有距離，就抓瑜伽磚。

再做反向伸展，拿張椅子，雙手放在椅緣，一腿九十度彎曲，一腿沿牆下滑，若感覺已經適應，就將雙手交疊放到前彎腿的膝蓋，若還有空間，就將雙手平舉過頭，貼平牆面，同學紛紛努力，挫敗四溢，呼吸很沉，老師說，這不是競賽，沒有排名，這些都不過是你要努力的方向。

努力不是非黑即白，一或一百，努力是一片的，蔓延的，無邊無際的浪潮，一路能到海的另一頭，山的那一端。

全班出許多力，最後終於進修復體式，肩立式，教室安靜如退潮，在各自體式裡沉沉睡著。

瑜伽課下課，我跟H出發，前往我們喜歡的那家麵店。身體如此努力，得餵養它以美食，點一桌菜，感覺自己，因為十足奮力，所以也十足幸福。

冬至

國曆12月21／22／23日

鍛鍊身體，一如建屋造房，
造一幢能禁風吹雨淋的樓房，裡頭有你理想，
既能跟你遠赴前線戰場，也能跟你慢栽日常。

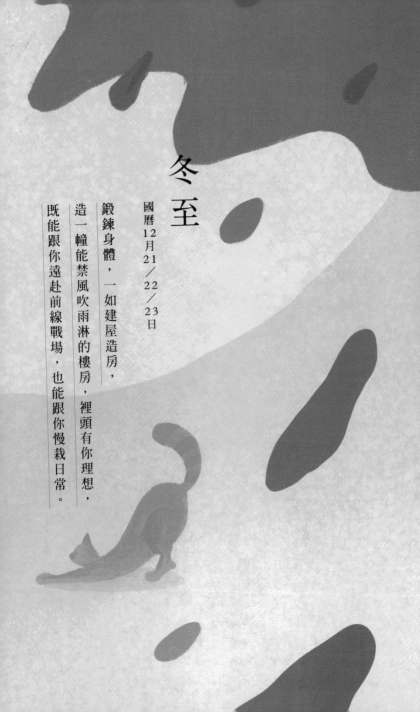

讓它徹頭徹尾地，成為昨天

一年將末，計畫旅行，整頓自己，以作收尾。

台北出發，一路南行，停留高雄台南，喜歡住屋，全是老宅，無論單棟或老公寓。說老宅有故事，那是自然不過，我感覺老宅之美，更在於善待時間，為你輕拭塵埃，再建結構，回到源頭，是人最初的在乎。

起因人有在乎，才讓老房屹立不墜。老屋欣力，不過名詞，那世界很新，得以指尖指認背景，閉眼重返昔日榮耀，把故事任重道遠地，好好說上一遍——於是明白，故事早已深埋建築，成為肌理，而建築就是時間的身體。這身體送往迎來，孕育有人出生，目睹有人離開；曾經繁華，可能沒落，還留有昔日筋骨結構。

建築不死，只是再生，也見證人在裡頭拚搏或放鬆。建築如人體肉身，所有經歷，全數深埋血脈鋼筋，而我們若去生活感受，就是去生成新的記憶，去推送新的脈搏給這樓房，也給自己。

早晨天亮，異地醒來，半寐發現，陽光掃進房間的角度不一樣。

夜眠榻榻米，蓋手工厚被，身體負重與在台北時不同，有卸重，也騰出空間。於是決定，在台南老宅民宿的榻榻米上，做一場瑜伽，榻榻米既是夜間酣眠床榻，也是白日瑜伽場所，日夜都有支持，而我用拜日式，回應日照那樣光亮，愛無等差，拂照萬事萬物。

感覺自己跟外頭那棵無名樹一樣，也是向光生長，才枝葉漸繁，青蔥茂盛。

拜日式起源是向太陽致意——萬事萬物仰賴日光生存，以體式練習迴向。所謂的「拜」，與其說是信仰崇拜，不如說是身體虔心感念，從站姿雙手合十起始，上身前彎，平板，慢慢推到下犬式。

榻榻米跟瑜伽墊的抓地感畢竟不同，身體用另種方式撐起來，在不熟悉的場地練習，依賴直覺反射，發現身體比腦袋更具彈性，快速調整適應，值得信賴，頭胸腹八支點地時，會聞到一陣淡淡藺草香。

建築即是時間的身體，我在比自己更大的身體裡，練習做瑜伽自立，既有依賴，也是獨立。鍛鍊身體，一如建屋造房，造一幢能禁風吹雨日的樓房，裡頭有你理想，既能跟你遠赴前線戰場，也能跟你慢栽日常。

那樣就好了。

越做瑜伽，越感覺瑜伽之於我來說，更近似於一種規律與持續的生活方式，勝於運動意義——瑜伽是，我打算怎麼醒來，怎麼行進，怎麼處於當下，並且怎麼結束一天，讓它徹頭徹尾地成為昨天。

而明天不停地來，我會再度醒來，再次向日而生，再練一練拜日式。我在充滿時間的住屋裡練習，覺得自己也如烘一壺茶要等那樣，不疾不徐地，長出了時間。

跟自己親密，也肯給自己建議

轉乘兩次公車路線，抵達瑜伽教室，新年的第一天，街上空氣感覺也汰舊換新。行路前往，覺得自己希望度過極其普通，而隨心所欲的這一天。

身體說，好想去做瑜伽喔。

進到瑜伽教室，老師問身體狀況，也問新年願望——我歪頭想了想，腦子裡空空的，老師說：「那我先分享。」

「新的一年，想在心裡建座航空母艦，或是太空觀測站，隔著一段距離去觀察自己。」我問為什麼呢，老師說，因為呀，總覺得有點太過信任與肯定自己的作為與判斷了。

心裡想了下，肯定自己不好嗎？老師繼續說，原本覺得這個能力已經足夠了，經過去年，覺得還要練習，跟自己親密，也抱持一點距離，給自己建議。

想到近期看影集《洛基》，抱著不期不待（甚至還有點不甘願吧）的心情點開第一集，驚異於它推翻漫威宇宙的邏輯——神在新宇宙可能凡人，眾人爭奪的寶物猶如日常廢物，十足冒犯自己，好像那結構完善，如神殿不可侵犯的宇宙觀，其實翻過來看，不過輕輕白紙一張，一吹就散。我說我很佩服這樣的人哦，挑戰自己創造出來的東西，可能從另一個角度看，全然沒有意義，然後一邊開自己玩笑，狠狠踩著自己肩膀，再做下個作品。

金蟬脫殼，離開過去的自己，接著變化式地前進。人的一生，或許可能有好幾次轉世。

有同學舉手說脹氣好一陣子，於是我們繞了肚子，整理脈帶，順時針與逆時針各轉三十六圈，隱形的呼拉圈，助調胃氣。

接著做拜日式循環，下犬式與英雄式一，都停留五個呼吸——觀察，筋骨的狀態，行動的去向，呼吸的行經，而在肌肉層次穩定以後，呼吸的品質又是如何呢？氣是否能通暢至腳底，若氣送不到的地方，就用注意力給一點關心。

專注呢，像手裡拿盞探照燈，凡去注意，就是給予身體內光照，那也是療癒的一種，你要照顧自己，便是要注意自己。

做單腿臥英雄，也做半月式，再做有輔具的頭倒立，躺姿、單腿站立、倒立姿全數練到。更多時候我感覺不像練，而像是閉眼經歷，喜歡半月式，一腿抵著牆做，感覺自己穩定一如山式站姿，不驚不懼，不怕風浪來襲。

修復體式做肩立式，那椅子與抱枕，調整肩膀距離，手持續向後伸，抓椅子底桿，老師說試著再伸後一些，就當作，新年挑戰。挑戰總是必須，也讓身體知道，如有需要，就能離開體式，讓身體告訴你。

最後我們一班四人，靜坐迴向，老師說，鼻腔後側，有很深共鳴，那是你能同感他人與自己的位置，同理他人，像你同理自己。

而你既是觀者，也是受者，試著同情共感，也不過度肯定，或盲信自己，這樣地去生活，這樣地去經歷。

我心裡想，那就是我的新年願望了。走出瑜伽教室，慢慢散步去喝一碗湯，吃飽，走到路邊，坐下看書。

新年快樂，你要帶自己快樂，我跟我自己說。

小寒

國曆1月5／6／7日

我目前擁有的，肯定是最好的，
宇宙為我準備最好的，當期當刻的東西來。
最好的，選擇了我。
不念想過去，不焦慮未來，
最好的就在現在。

其實長大，才有真自由

新年第二週，去做瑜伽。持續練習瑜伽的第三年。

這週連續兩日氣溫低，穿短袖做瑜伽，還是輕易地暖起來。今日做了許多下犬式，像是從未做過的那樣，練習著下犬式。

老師畢竟熟悉我們身體，看了好一陣子，於是什麼蛛絲馬跡都躲不過——比如一同學，久沒上課，近期熬夜，身體狀態外顯，老師就不住叮嚀：「究竟是為了什麼事情一直熬夜呢，要調整哦。」比如說老師也問我，近期有沒有做重訓，是不是調整了什麼練習方式，覺得身體好像左右平衡些了——簡直身體偵探的等級。

也或許說，我們的生命狀態，全在我們的身體顯現。只要用心看，就能發現。

老師勤觀察，我們也給回饋，有什麼身體狀況就照實舉手——報告，月經來；報告，昨天熬夜；報告，胃脹氣。老師總是根據身體狀態，帶領調整。如果月經來，就不用在核心上頭逞力了，先下來八支點地，其他同學，則請在肘撐多支持幾個呼吸。

老師今日帶來兩罐彩油，命名充滿福氣——愛的頻率與富裕頻率，簡直是極好的新年祝福，我們將愛的頻率擦在肩頰，抹在心口推開，那是心輪位置，是愛被感受，也能給予的地方。

我們就在愛的暗示裡，開始今日練習。

先是下犬式，接著分腿嬰兒式，連續做好幾組；接著再做單腿下犬式，轉至高弓箭步，左右對稱地做；再拿來瑜伽磚，練三角式，老師說，把你的專注力送到該去的地方，那就是你能給自己的照顧——像拿著一只探照燈，照見該被關注的角落。我腦海中冒出PIXAR的探照燈圖像。

試著把身體拉成直線，百會與會陰，呈垂直一線，人就處在正位之上。也做開胸，與有支撐的後彎，把身體反向撐開，再做臥英雄式，當英雄倒下來他會看見什麼呢？上有天頂，下有地平，自己是活在天地之間，生出謙卑來。

最後大休息前，將富裕頻率彩油，抹在肚臍眼，推開與漫開，臍輪位置，正是信任自己的意志中心。要過豐盛的生活，從信任自己做起。

下課之前，老師和同學閒聊，一同學說，啊好想回頭當孩子，孩子最是自由，老師微笑說，其實長大，才有真自由哦，能承擔，最自由了。

我路過聽見，消化了下意思，理解是這樣的：如果能脫離為所欲為，老是向他人索要，或總是由他人為自己服務的生命狀態，那是長大伊始。長大便是真的，願意肩負起自己生命，願意承擔責任，並為責任努力，為責任調整，那樣的人生，大概也是主動創造的吧。

當我們說，好想好好過自己的人生啊，那意思不過就是願意承擔。

下課，跟同學到隔壁的日本館子，點菜，上菜擺滿一桌，其實這樣就好了——無論是練瑜伽，或是吃飯，都帶著願意照顧自己，也願意承擔自己生命的意圖去做。

好啦，我們要開動了，充滿愛，也充滿著豐盛的新年。

而我們，一直也活在愛與富裕的頻率裡。

最好的選擇了我

標題是泰戈爾說的，寫在他的《漂鳥集》。

那日晚餐，跟此書總編、設計、行銷聚餐，在一家歐式小館，昏黃燈光，氣氛鬆軟，我們點了整桌海味，直送，全員抵達西西里海岸線，海景首排。我一邊嚼著小卷，準備拿朵淡菜，總編跟我說，書稿也差不多了，剩下幾篇，不如寫寫瑜伽對你產生的影響吧——瑜伽如何作為一個斷代史，於是有了之前與之後，無論那是更好或是更壞。

我瞬間想到的，就是泰戈爾這句，「**我不能選擇最好的，但最好的選擇了我**。」以前讀不懂這句話，想說莫名其妙呢，恆常練瑜伽兩年有餘，這句話之於我有了意義，我的解讀其實也就是，所有當下的機遇，都用最好的眼光看待。

我目前擁有的，肯定是最好的，宇宙為我準備最好的，當期當刻的東西來。最好的，選擇了我。不念想過去，不焦慮未來，最好的就在現在，若能如此，也凡事盡力，自然命好。

以上，成了我更新後的信念系統。

如果要比對之前與之後，特別有感的大概也有以下，少了處處要強，添了等待耐心，就像那一開始總做不到位的體式，要等，要練，焦急不得；也要接納，你的身體與他人身體不同，身體不同時節狀態有別，不僅是要放下比較，更是要看穿「比較」實則毫無意思；開始理解世界總不是非黑即白，願意包容甚至享受模糊的樂趣——真是樂趣，因那模糊空間，其實也就是練習意義，其實那也是可創造的空間；更驚異發現，人確有迭代翻新能力，就在每一次的覺察與練習裡頭，彷彿更新全身細胞血液。

全身血液每四個月就會全數換新，那麼人也是一樣。

按此周期，你一直有機會，去做個新人。

既然要做新人，瑜伽提供了數個檢視自己的角度，包含肌肉骨骼、筋理經絡、呼吸氣息，各是不同層次，理解自己有新門路，向內探索，展開萬千世界——好像終於感覺到，理解自己也是很好玩的吧；也去辨別，自己的身體知覺，痛是什麼，癢是什麼，痠是什麼，麻是什麼，若能在描述層次上做得更細緻，也是理解自己更多一些；

尚有情緒感知的整理，比如開髖時過往積累情緒會浮出水面，那就想像，它正在被海浪，帶到海的另一邊，揮手掰掰。

瑜伽幫我許多，其中最明顯的，大抵助我成為一個更自在的人。

「自在」是我成年後的嚮往，自在是活得很靠近很靠近自己。那樣的自在，是願工作的時候，無論幾點，都打開電腦來；是想休息的時候，肆無忌憚，決心全心全意照顧自己那樣地好好休息。該生氣的時候，無有隱忍，該慶祝的時候，大方稱讚自己。

心理上調整許多，而柔軟度一直一般，這點倒是要老實承認，持續練習。（所以請不要當眾邀請我做任何前彎動作。）

練瑜伽的日子，偶爾感覺自己就像在煮碗豆漿，泡水、磨漿，烹煮攪拌，濾掉渣滓，煮熟入口，經歷必要步驟，去長成一個，活得很有營養的人，經過一段溫熱煮成的人生。

並跟自己說，你想要的東西，一直都不在外頭，就在你身體裡頭，已經為你熱好了，隨時也能上桌。

身體的掃除

整週天冷，週末升溫，出門做早晨瑜伽時，感覺灑落日光穿過樹葉，一縷縷光斑染在地上，一切好法國，又或許，是看它的眼光很法國也說不定。

抵達教室，老師慣例問，同學怎麼樣呢？我想了想跟她說，本週吃到了讓我感覺幸福的牡蠣拉麵。接著說，本週做團隊考核，一直在想，該怎麼給予一個有安全感的回饋，無論是給予的當下感覺安全，而對方也感覺安全。老師說，是個很巨蟹座的問題呢。立刻笑出來。

一來看你對對方的理解有多少，二來看這件事你自己本身有多少實踐的力量，三來要看對方的意願。笑完還是認真回答，意願啊，就像光照一樣，依其意願給予同等的力度。就算感覺不安全，還是要去試試看。

像是你總會給自己建議那樣地，真心誠意地，充滿關懷地，溫柔包圍地，把回饋給出去。在這個過程啊，你也會看到，你內心的力量，是真實的，或是虛空的。

一早就有開示——其實我們也往往在跟他人的互動之中，辨識出自己來。

今日瑜伽，老師帶我們做全身性的整理。先是站姿，前彎，肩膀手臂下垂放鬆，接著試著從骨盆、腰椎、胸口、腹腔，一節節把自己給拉起來。試著很慢，但充滿力量地做，並帶著一點對自己身體的觀察。

連續做好幾組，很慢很慢地做。老師說，有可能做完你會覺得腰側痠疼，或是頭腦昏脹，那並不是這組動作引起的結果，你只不過是有機會看見而已。就像大掃除，你打開一個抽屜，發現「咦，抽屜裡好亂啊」，你也不會認為是大掃除的緣故，才導致抽屜變亂。

在清理自己身體之際，重新確認因果與發生，有很多凌亂早已等在那裡。

我們也開始做骨盆前彎與後傾的練習，先以蹲姿，再以站姿，接著前彎撐椅背，上身下壓，鍛鍊骨盆在不同狀態，都能展開行動。老師說，記著現在做的練習，接著把這樣的行動，帶到你的下犬式裡頭。骨盆如碗盆，盛水，再把水從碗裡倒乾淨。

帶著練習，再進入下一個練習。於是練習與練習之間，也生生不息。接著老師說，我們來整理手臂與肩頸連線。手的內側有三條陰性經絡，外側也有三條陽性經絡，整理經絡，也是讓氣息暢通，不至淤堵。

拿出掃除環境的意願，去掃除身體，看到抽屜很亂，就下定決心把抽屜整理乾淨，在過程，從身體上拿到更多理解自己的訊息——有什麼日常習慣的養成，導致了此時此刻我看見的情形。其實那大概也就是練習瑜伽的意義。

瑜伽是日常的行進，與務實的愛護，給予關注，也給予提醒；提供觀察，也提供滋養，是心靈的進化跟著身體的成長一起。

做完修復的支撐橋式，像開門見山，遠景開闊。下課肚餓，推門而出，沿著有陽光的小路，走去吃一碗簡單而豐盛的香菇乾麵。

大寒

國曆1月19／20／21日

我們這一輩孩子，許多時候，就是在練習，要跳脫那量尺的、線性的、單維的標準，力量可以多方多面，呼吸亦能溫柔致遠。

無限裡頭，有一個你

週末本該前往金門馬拉松，因疫情取消，週六乖乖前往瑜伽教室報到。天氣熱，我跟虎吉都起得早。提早十五分鐘到，教室燈還沒亮，於是我跟另個同學，有個很靜很靜的、用花生球跟自己身體相處的時間——把因久未重訓而緊繃的肩背與大腿肌肉，一一揉開，把卡住的氣息曬一曬，瑜伽教室裡，有太陽的氣息。

許久沒做瑜伽，心裡想念，前往瑜伽課的公車路上，我的身體也是快樂的。依慣例開場跟老師聊天，老師問大家的新年願望是什麼。

隔壁同學說，想對自己的所有決定都更有覺察，我想了想說，想學新東西，想學過去那些覺得自己不該學、不能學，或學不了的事情，想在裡頭有所經驗，無論是對自己，或是對這件事情有新的理解。

老師說，如果我們都願意經驗而不沉溺，並且想過也能承擔可能結果，對於結果沒有任何怨懟，那我們短短的生命會豐厚許多。每個時期的身體，都有那個時期適合做的事情。我們要鍛鍊覺察，就是鍛鍊對於身體內氣脈的認識，找到當時當刻特別適合做的事情。

然後我們開始做合掌立腳式，胸口抬，橫膈膜收，一路做到下犬式，連續幾個循環。剛開始練瑜伽的時候，很多動作不熟，做起來也費勁，完全無法理解為什麼下犬式能是休息姿勢。

而大概時間經過，就在這一次次循環與瑜伽練習裡頭，有了進展，來到下犬式的時候，感覺身體很穩，心很平靜，休息最簡單的定義不過如此。

休息並不等同於放棄。

接著做三角式與反向三角式，拿塊磚頭，作為手掌延伸，兩腳為柱，肩膀延伸，三角式像張開一面穩穩大旗，而我的大旗經常垂頭喪氣。老師說：「知道為什麼我們說，頭頂心要與骨盆對齊嗎？因為那是你身體的中軸，中軸要正，氣息才順，氣息不順，就有淤塞。采岑你要練習這個，中軸不正，很多事情會事倍功半喔。」我在心裡做筆記。

老師的教學隨興而至，觀察同學狀態自在調整，經常以一種非制式，有內在邏輯的方式連結起來，有一種不外顯的內隱秩序。

做完一系列瑜伽體式，老師說，來，我們練練太極吧。踩太極腳步，身體向下扎穩，雲手自然擺動，用下盤輕輕繞一個無限形狀，感覺氣息流通循環，在左右與前後來回之間，這中間有一個你我。

打太極，彷彿入動態心流，無時無刻，我們都是存在於無限之中的。星河繚亂，宇宙浩瀚，我們在太空之際去擁有。太空本來什麼也沒有，能經驗多少，也就擁有多少。不用握在手心，經驗以後，若無罣礙，不妨就讓它走。

結束時，修復體式做完橋式與肩立式，回到英雄坐姿聽梵唱，覺得我的心也已經飄到銀河之間，去深深休息。

每個在當下，與不在當下的時刻，都是流動的

你的身體裡，有三個呼吸的空間，你的胸腔、腹腔、骨盆腔。想像你把呼吸送到空間裡頭，呼吸經過胸腔，來到腹腔，再到骨盆腔。

想像一下，你把今早、昨晚、大前天、上週、上個月的完成與不完成放下；想像你把明天、大後天、下個月、來年的計畫與不計畫也放下，好好地待在這個當下。那個當下，我有很深感動，當下的遼闊與豐富，早已足夠我們生活。

每一次的過去，也都是每一次的抵達，而我們在時間之間，live in the moment，把自己站成一個山式，而每一天，你也用這樣子，一座山的，如如不動的姿態，面向這個世界的所有發生。

早晨瑜伽課，出門前，虎吉在陽台快樂曬太陽，身體仰賴在地上，光影斜斜打在他的背上，靜靜瞇起眼睛，一秒抵達托斯卡尼豔陽下。空間感不過也是想像的能力，我經常看著他，覺得快樂該是這麼簡單的事，虎吉貓背上有禪意，有山水，有佛說。

我乘著光影祝福出門，來到瑜伽教室，老師今天也穿得像一棵樹，綠衣綠褲，一如往常，確認同學們狀態——該放鬆的放鬆，經期來的切忌勉強，該鍛鍊的不要鬆懈。我們追求的流動，就體現在我們每一次的選擇裡。

不以一次經驗，衡量以後，那也是流動。

今天繼續練雲手太極，感覺自己捲進山風之間，在很高的高處眺遠，往下扎深深馬步。老師說，感覺自己的呼吸很輕，且延續，雖然很輕卻可以直直通往腳底。彈指輕易，輕重不是力量大小的度量。突然感受到，我們這一輩孩子，許多時候，就是在練習，要跳脫那量尺的、線性的、單維的標準，力量可以多方多面，呼吸亦能溫柔致遠，就像人生不只有前進後退，走出一條岔路，去打一陣太極，去看陌生風景。

感覺，自己有意願過這樣的人生。

調整站立式，再至三角式，骨盆的位置與張力不同，扭轉的動力與角度不同，而我的肩頸頭部經常溢出控制範圍，跑到身體以外，老師說，總之就是調整，調整自己出力的方式。瑜伽讓我明白的是，無論在哪裡，無論遭遇什麼，人能做的，不過也就是調整自己。

調整自己，才有新的東西生長，而能夠調整，也就是一種流動。

瑜伽做到一半，突然覺得餓了，開始想著等等去吃香菇炸醬麵，就去那家好吃的小店吧。同行友人H下課，我們結件去餐廳，在餐廳裡彼此坦誠，瑜伽半途，就開始想著等等要去好好吃一頓飯。

那也沒關係呢，每個在當下，與不在當下的時刻，那也都是流動的。

人也有大願

連日有雨，披整身溼氣出門，空氣一片潤澤，此時陣台北是水鄉，整個人像在海裡。這週感覺疲憊的時候會想，等到週六，我要做一場長長的，久久的瑜伽。

一邊想，就覺得身體開心。

進到瑜伽教室時，還只有一位同學。我們按摩身體，並交換本週心得。聊到近期因疫情升溫，眾人紛紛曬照，疫情前最後去的國家，深感懷念。

疫情起始，算算超過兩年了吧。距離前次出國也是。我跟老師說，以前的我啊，只要一感覺疲倦，下意識就想買機票，出國，請假，想離開，需要逃走。總覺得只要移動到下個地方，就能擱置現在問題，其實也不是的。

每每回國入境，心裡都有一點失落。覺得把快樂留在異國。

而疫情之際，撞上諸多限制，身體移行距離縮短，轉向島內，也往心裡走，向內去到更深更遠，藉機煉成多種多樣的休息方式，擴充放鬆自己，並且每日重置的可能。

而有許多就是建築在身體之上，例如有意識地呼吸，有選擇地進食，有方向地鍛鍊，反覆且勤勞地，練習向內收束的本領。

時間經過，也換了個人一樣。比過去更容易放下，也比過去敢於面對問題。

今天做英雄式二，老師說前腳向前，朝二三根腳趾頭推，後腳踩九十度，兩手向前後敞開，眼神溫柔凝視前手。那個你盯著的凝視點，生在指尖，也是讓你柔和看往內心大千世界的點。

很奇妙吧，看似向外看，實際上卻是向內走的。

我們練體式，也就是練向內看的能力，清理雜質，恢復較好的身體品質。老師說，我們身上有許多地方，若向內看，其實也還是晦暗的，我們的各種練習，是在跟那些黑暗的地方共處與共修。

同時練習無念，不帶雜念的，無身語意的，往內照耀。那過程近乎動態冥想。例如我們連續兩週練習下彎，骨盆前後傾的角度，再進入拜月式循環，多數時候，我閉上眼睛，卻感覺看到自己。

老師為我們講《地藏菩薩本願功德經》。此經大願，即便以流利讀經速度，也要念上兩小時以上。地藏王菩薩為救度眾生，誓言「地獄不空，誓不成佛」；眾生度盡，方證菩提。

其實人心也有菩薩，虔心修煉自己亦是累積功德，我這樣想。老師說，是啊，無念也就是功德。

我們做完半月式，接著做臥英雄，英雄躺姿，見天地眾生；再做有支撐的頭倒立，曲腿捲腹，把自己翻到牆上，整個人反過來，練習各方各面的立定，安撫自己的臟器。

最後大休息以後，安安靜靜地迴向。跟著老師在心中虔念，願萬物眾生平安，無敵意，無危險，保持快樂。覺得瑜伽養力氣，那氣力由體內扎實地來，希望能滋養自己，也支持他人。

即將下課之前，老師說，同學們，更多地去感覺在身體裡的積累，也覺察許多事情，知道與行動總是有一段距離，所以呀，要實踐，要迴向，也要與人為善。

我感覺，那也是生而為人的大願——持續傾聽自己，也以善念應萬物。

立春

國曆2月2／3／4日

人每七年就會自行更新進化一次，
每隔七年，從身體層次上來看，
我們都是不同的人。

菩薩生花

趁初一走春，首訪菩薩寺。本以為遠在山林，沒想到大隱於市，正對馬路，面朝國小，大抵清幽是心境，而不是距離。寺前寫，快樂的種子，來自你的心。

低下頭，看一看自己。

寺前爬藤，一片生意。我喜歡進門有樹，得要低頭，佛說留意腳下，行走時留意每步踩實，沒有僥倖虛妄；與角落有一景菩薩生花，繁花再生菩薩，人人但凡心存善念，也能成菩薩。拾階到二樓，有人點燈獻花，一臉虔誠供養，抵達三樓，有人專注抄寫經文，眉眼有神，鍛鍊心若止水；這菩薩寺滋養來客，來客也貢獻這寺靜好。生生不息，往下望的時候，池塘有魚，這寺讓我感受到生命正在循環進行，一個循環接著一個循環發生，一個來客接著一個來客抵達。

菩薩寺今年談無罣礙，心無罣礙出自《心經》，心經如是說：「無罣礙故，無有恐怖，遠離顛倒夢想，究竟涅槃。」意思是，人但凡有了「擁有」的概念，生執念，惹牽掛，就招恐怖。

回想自己這一年，也趁疫情期間，抄寫《心經》。跟宗教信仰無涉，我信的是世間有神，萬事萬物裡頭都有神，最初寫心經是願意練字，寫到後來，更覺得那些字句定神，安住了疫情期間緊迫無助的心神。

「**觀自在菩薩，行深般若波羅蜜多時，照見五蘊皆空，度一切苦厄**」。要練習看破是非與得失，而人若無罣礙，需得修煉，菩薩寺揭示的練習與祝福極好，謄寫下來贈給將看到的人——

學習慈悲關懷眾生，學習將別人看成自己，學習分享生命的美好，學習降低快樂的門檻，學習感恩一切的因緣。

學習放下自我執著，學習捨離期待，學習活在每個當下，學習以平等心處事，學習以旅人的心生活，學習簡單才能自在，學習觀察世間如水中月。

我想了想什麼對於我而言，是現在最難的。大概是學習將別人看成自己吧，以待己之心待人，也用憐惜他人的心去憐惜自己。

對於現階段的我們來說，哪些學習看上去異常艱難，就是這個階段的必要課題了。找到自己今年度的課題，來迎接這樣的一年。

新生

細胞的日常是這樣的——產出、破壞、修復、淘汰，定頻更新是它的邏輯與習慣，於是在我們身體裡，有迭代更新的生死循環，經歷著日復一日的淘汰與再生。細胞整個更換的時間需要七年，因此可以這麼說，人每七年就會自行更新進化一次，每隔七年，從身體層次上來看，我們都是不同的人。

我舉手問瑜伽老師，那如果細胞迭代，那我們的個性與愛恨存放在什麼位置。老師說：「這邊說的是我的想法哦。我想的是，那是靈魂的存放。你的體內有靈魂聚合，靈魂來到這世界上，帶著深深的好奇與意圖，要去經歷。所以呀，如果你感受到生命中某種重複的模式，某種一再經歷，那是你靈魂的課題——比如說，你經常感受到長輩的偏心，或有被剝奪的感受等等，那都是靈魂的課題，靈魂有意願繼續學習。」

我問了另一個問題，老師說，也有可能你還在認識你自己，還在探索與接納。比如說，如果現在的你就是戰士，想迎向一座座山頭去攀，你也要看見這件事。究竟這個追求是你的本質，抑或不過是你對他人的欽羨，那是我們要試著分辨的東西。

這整段討論我非常喜歡，一邊用花生球按摩，一邊恨不得拿出錄音筆。可有時候，我更感覺當下全身貫注地聆聽與感受，裡頭會養成更深長的記憶，存放到身體皮膚層次以下的，更往內的地方安住，無痛地，成為自己的一部分。

我在一次次的拜月式循環裡，感受到一步步更往內的角度與意圖，去到身體以下，筋膜以下，骨骼以下的地方，感覺那裡有光。今早老友打招呼，問我好不好，我說很好啊，正在去早晨瑜伽的路上，清一清心裡的垃圾與淤泥，練瑜伽就像追垃圾車一樣，對我來說，是這麼自然的事情。

老師的教學方法也動態變化，前個階段是手把手地帶領，每個步驟講解很細，我們總是亦步亦趨；這個階段是，動作已經練習過好幾次，因而進入概念式的調整，讓我們自己先回想動作，開始循環實作，我覺得那是從被帶領與跟隨，到要有能力帶領自己的階段暗示。

比如做半月式，先請學生示範，問問是否確實理解，能夠重現，接著說明半月式追求的是根基踩穩，再求發展。任何的發展若是根基不正，那也都是虛的，就像一幢富麗危樓。

必須踩穩，心裡踏實了，接著再求生長發展，於是，在一個個的半月式裡，我們反覆練習這件事，直到它成為我們身體裡的印記，最終再成為牢固的記憶。

神氣好年

瑜伽回程路上，在公車上，閉起眼睛，聽往生咒。

老師下課前說，過年時節，每天找個五到十分鐘，冥想靜心配聽，可以清除業障——業障其實也就是已跟著你太久的習慣與身體經驗，趁年節，汰舊布新，讓已經過去的徹底過去。像拉出個通道，來，這是給你離開的快速通關。

《拔一切業障根本得生淨土陀羅尼》，也就是往生咒，聽黃慧音版本，我是沒有任何宗教信仰的類型，信的是萬物皆有神性，聽咒誦念，也覺心神寧靜，彷若有禪。

新年開始，俐落地做瑜伽。

按摩起始，先按摩手掌，再按手臂連線。老師逐一幫同學檢查，說：「背轉過來我看看。」檢查背部連線。

老師說：「嗯，釆岑你的這裡跟這裡，肩胛骨連線緊緊的，這很像巨蟹座的肩膀喔，內縮，心事藏著；背部中段有處很緊。」老師握拳深深按進去，我問那是哪裡呢，老師說，是膏肓哦，膏肓如果鬆開，整個肩頸緊繃也會鬆開，就像樞紐一樣。

於是想像，背上馱山水，負重人世變遷，況且有交通路線，時有回堵、事故、號誌錯亂，一如春節高速公路。而做瑜伽是用高空俯瞰，直升機視角，攤開身體來看一看，那樣的客觀尺度。我用大的黃色按摩球按進膏肓，感覺身體開始嘆息。

跟老師舉手，趁機撒嬌「今天我是月經第二天」的同學。一起上課，終成同學，好喔，老師說，月經來，就不要過度用力，俯撐手掌式不用停留。總覺得月經來時，適合跟全世界撒嬌，也跟自己討拍——今天我就是這麼需要被照顧，理直氣壯地，從這天起始，去愛護自己。

老師把同學分成兩兩一組，幫彼此按摩，手指握拳頭，大拇指塞進手心，敲在同學的脊椎外側，把力氣給深深送進去。左右對稱地敲打一輪，那也是你能予人的新年禮物——為他人虔心服務，帶著一種希望他人也好的心思。

用掛繩開肩膀，再把抱枕打成十字形練後彎，後彎把手高舉過頭，把自己攤開再攤開，心口敞開再敞開，直到覺得沒有什麼必須獨藏，沒有什麼必須自己承擔。我花了很長時間，才終於在後彎角度，感覺有點放鬆。體會是如此，凡事有意願承擔，跟凡事只能由自己承擔，畢竟是兩件事情，如有過度，就修正回來。

靠牆，練半月式，用瑜伽磚當作延伸手臂，另手向天指去，一腿伸直收緊，不鎖膝蓋，向下扎地；一腿向後推，拉成直線，覺得身體像張穩穩的平面。支撐腿不把膝蓋後頂，而是靠髖部至大腿發力，鍛鍊一種更堅實穩固的站立，樹根那樣的站立。也像往天另一頭放出去的風箏，有線繩牽引，於是能飛，也能落地。

我究竟分心，順手在心裡寫新年願望——

能恣意活動，也能心裡安靜；深知有大追求，也照顧日常小心願；讓聆聽與表達同時發生，讓鍛鍊與休息都成為生活部分，讓不同觀看角度都生成思考尺度；帶著一點克制，一點好奇，與許多感謝那樣地去生活，試著對自己嚴謹裡保有寬容，對他人關心裡攜著善意，真心實意地經過每一天，不疾不徐地看重每一次追求，自己要照顧好，也出力並祝願眾人共好。

還有重要的，或許是最重要的，快樂要緊，自在要緊。真沒有更重要的事。那麼每日也都是滿足好日，每年也能是神氣好年。新年就這樣許願吧，我沒有更多的願望了，大休息後，坐姿迴向，我這麼想著，交由迴向，帶我抵達。

做自己體內的太陽

上完重訓課的下午，深蹲與臥推，都有新重量與深度，大腿跟胸口發痠。那道理很簡單，你要去更深的地方，就要出更多力氣。

今日熱，能穿背心，我像隻貓，待在太陽底下許久，貪圖衣服上有陽光味道，以為日光能消毒除害，太陽下適合很慢地散步，漫無目的，刻意迷路，想起虎吉在家，懶在沙發上，悉心調整，喬一個能曬到光的角度，或許不只是貓會越來越像人，人也會越來越像他的貓。

我們都像根莖作物，必須光照，得以抽芽。

繞了一陣，窩進咖啡店，咖啡店裡長著一棵樹，人滿到比肩而坐。把電腦放到吧檯上，抬手的高度剛好需要立正坐好，不得駝背，從下午坐到天暗下來，嗑完一只檸檬塔，再點了一壺茶，回沖兩次，讚嘆檸檬塔夠酸，同時想起這也算精緻糖分，我應該少吃才行。偷跑一點週一的工作進度，接著寫一些字，寫來寫去，總覺得不夠好，有時候寫字連自己也無法打動的時候，也有沮喪，打算之後扔到垃圾桶。

於是我想我就一直寫下去，好的不夠好的，全都灑出邊界。

鄰座一對法國女生交談，我分心，偷聽，練法文聽力，看她們拿出棋盤，在咖啡店桌上，下起西洋棋對弈。其中一個女生用法文解釋邏輯，如何展開，如何棄守。我飄到很遠的地方，想人世間的進退，也不過是如此。

想到昨天飄進去的clubhouse，有人問什麼算是操作，什麼不算。例如這樣一個，早晨開的討論著雞排妹與翁立友事件的房間，是不是也是另一種操作。我想，操作有什麼，不過都是人們行動的痕跡，唯獨有人對行動負責，而有人並不；有人成熟，有人稚幼；也有人問起：「真相是什麼？」後真相時代，有真相嗎？又或許，你問的，是你的真相還是他的真相？法律陳述或經驗裡的真相？不，我們要的並不是真相，我們要一個經驗，我們等一個結果，是握手言和還是撕臉法院見，吃瓜群眾才得以move on。傷害造成，埋入身體，等不到一句道歉。有時候我會想，是不是非得要用這麼深的力氣，才能替自己討個公道。

再給個參考，我們在Instagram上詢問職場性騷擾的經驗，收到超過百則留言，其中之一說，點開附加檔案，看到上司下體。其中之二說，上司問我加不加薪，我尚未回答，他示意叫我蹲下。我恍恍然想，這究竟是哪個年代，尚且聽到有演藝圈前輩說，萬不得用婊子身分，做聖女事情。驚嚇萬分，回到過去，歷史重演是不是這個意思。有些話的存在本身，已經足夠驚駭。

女性主義的反挫，曾經被壓迫過的，反手壓迫是更重的，而有人認為稀鬆平常。

寫到這邊，必須嗑一口豬排三明治，大餅內夾嫩蛋，再夾厚實豬排。每個人受的傷，最終也只能回到日常生活裡來療傷修養。於是我們去運動，去飲食，去玩樂，去生活，去修復自己，去迎接往後的，每一個明天。

必須要這麼做，才能做自己體內的太陽。

雨水

國曆2月18／19／20日

所有動物睡著的表情都很類似，
是一張不懷疑會被傷害的臉。

不懷疑會被傷害的臉

台北賞臉，沒有陰雨就是好天氣。

台中家人台北踏青，難以理解，一臉問號。受盡台北天氣摧殘的女兒保證，此時此刻，就是適合爬山的好天氣。拾階直上，銀河瀑布滿滿人龍排隊，全是為了景框以內，拍攝一張照片。

正值雨水節氣，接續立春，乍暖還寒，是選種前的準備時間，準備春耕。感覺空氣裡，也都湧著水。

疫情緣故，無法搭機出國，於是我們在台灣各處尋找異國蹤跡——小東京、小京都、小清邁相似云云，卻發現台灣已經足夠可愛，不必要像誰。台灣早有自己生長的力度，長得可以只像是自己。

是老派的體會了，若用旅行心情觀看台北，大概也能夠看到生活必經、捷運通勤以外的，值得被用螢光筆劃重點的風景吧。例如熟悉的圓環，沒注意過的綠徑，有陽光的時候，樹木都被曬暖，這城市裡還有鳥叫，我偷瞄身旁，媽媽拿出相機說好美。

停下腳步，我想著原來台北也可以是這樣子的。生活這麼久的我城，也有許多它實然靜美的時刻。若想重新觀看，那必然需要一雙新鮮的眼睛帶領。

入住的飯店寵物友善，有許多中小型犬奔走，想起《單身動物園》的入住櫃檯，也要完成各種基本資料登記。最大的差別是，這裡的動物集萬千寵愛，或許比人類活得更加矜貴。擦身一位中年男子，懷裡躺著隻酣睡的巴哥犬。

所有動物睡著的表情都很類似，那是一張不懷疑會被傷害的臉。

人類出生時也一樣，夢裡有香甜雲朵棉花，尚未習得皺眉睡覺。

傍晚五至六點是飯店暢飲的happy hour。我跟我媽下樓飲酒，我媽說，是不是你們已經不流行生小孩了啊。是，貓狗登記的數字，已經正式超越新生兒的數量。子嗣降生，不見得要從產道而來，一樣也很有愛的。我們這輩對承擔的想像，正用我們的方式身體力行。

隔日早晨，我約我弟弟們去健身房，我弟在旁邊徒手重訓，我拿了一塊瑜伽墊，開始做我日常的流動瑜伽，虔誠幾組拜日，專心大休息。

驚喜發現，瑜伽已成為我鍛鍊與休息的代名詞。瑜伽即是日常功課，覺得心情有點煩躁的時候，有點緊繃的時候，有點停滯的時候，就想著，那就做瑜伽吧。

新年願望是，就這樣一直走吧，不要停下來，走在前進的路上，無論路之蜿蜒崎嶇，或有任何險阻障礙，向前走，總是能迎向有光的地方，再用那一張，不懷疑會被傷害的臉。

驚蟄

國曆3月5／6／7日

做好呼吸，

其實就是日常照顧的起始。

簡單但強大的呼吸練習

如果要選出瑜伽中的主角級練習，其實我會選擇呼吸。呼吸是簡單而根本的練習，在日常生活的每時每刻，都能徐徐展開，人的呼吸，就像樹根一樣，是生命的源頭，與滋養的觸角。

我受惠於呼吸練習許多。除了從呼吸就能觀察自己當時當刻的狀態以外，也曾在一次公司月度會議中，擔任主席開場時，留意全場有點緊繃。當時正值疫情居家，首個全員會議，夥伴們多數遠端在家，人人縮在一格小小視窗裡頭，看不見真人。因此帶領呼吸練習，邀請在座同事閉上眼睛，先回到自己，回到呼吸，再開始當日會議。睜開眼後，感覺同事們眼神也不同了，更柔和，語調也趨和緩平靜。分享給你一起試試看。

首先請找到一個你覺得舒服自在的坐姿。可以的話，感覺你的腳穩穩地，安全地踩在地板上，接著閉上眼睛，專注在呼吸之上。

邀請你，開始觀察自己的呼吸。
留意你呼吸的頻率，是緩的還是急的呢？
留意你呼吸的深度，氣是短的還是長的呢？
留意你呼吸的強度，哪邊的鼻孔吸進比較多空氣呢？比較少的那邊鼻孔，可能吸進更多一點空氣嗎？

留意你呼吸的行進，氣體是不是有被送到身體裡頭呢？通過了哪些路徑呢？哪些地方比較通暢，哪些地方又有些受限呢？
最後，留意你呼吸的品質，是不是你滿意的呢？並且用五到十個呼吸的時間，去進行你想要的調整。

接著，請觀察你的身體部位，有沒有哪個部位，特別痠痛不舒服，需要支持的呢？如果有，現在請試著把你的呼吸，送到那個部位，去好好支持它。想像，呼吸的時候，其實每個呼吐之間，都帶著一個真切的「我愛你」的訊息。每次呼吸，都是將愛的訊息，送到身體裡頭——連續的呼吸，也就是連續的我愛你。

吐氣的時候，則是把這樣向內的愛，也送給自己以外，身邊周遭的事物眾人，也送出我愛你的訊息，給自己想支持的人，給這個世界。

最後，進行五個呼吸。你可以雙手合十放在胸前，或是右手放在心窩，左手放在肚臍，或是自然垂放，找到一個你的身體覺得舒服，也喜歡的姿勢。

我們開始第一個呼吸，吸，吐。第二個呼吸，第三個呼吸，第四個呼吸，最後一次呼吸。

好，現在可以睜開眼睛。

呼吸練習呢，十足簡單卻也很強大，一旦學會就能好好帶領自己，推薦給疫情穴居期間，不僅要關照個人，也要重新跟世界連結的時間點。

做好呼吸，其實就是日常照顧的起始。

照顧自己是人生最重要專案

春分是循環起始。適合立誓，適合許諾，適合開始，適合下定決心，而或許這一次，承諾的對象，應該優先保留給自己了，沒人該排在你前面，就像排拉麵一樣，不要允許任何人插隊或是解壓縮。

這樣的時節，總覺得特別適合找間喜歡的咖啡館或館子，點你喜歡的下午茶點，洋洋灑灑地，在你鍾愛的筆記本上，寫下各種想照顧自己的念頭。在許諾當中，想像一種讓自己充滿嚮往、怦然心動的、充滿自我照顧、有踏實扎地、也向上抽芽、專屬儀式感的生活。

以下是我會使用的方法們，定期更新，這麼做的時候，也感覺身體裡頭，正有微陽涼風，春暖花開。

一、放下一切地打掃

你有沒有發現，每次特別心煩意亂的時候，通常抬起頭，會發現環境也跟著亂糟糟的，好像宇宙約定好一起大爆炸那樣。人所處環境，是心理狀態的實際延伸。比如，難以割捨的你，優柔寡斷的你，層層疊疊的你，全也展現在你所處的環境裡。

透過清理外在環境，丟棄、整理、收納、掃除，有時候也會有意料之外的、整理內心的作用哦。請從你使用頻率最高的房間或角落開始，久而久之，你會發現有些地方一打掃完，心情便很好。

二、有意識吃食

你吃東西時會滑手機嗎？我會。後來好幾次，我發現分心吃飯，絕對會降低食物的美味等級。我會提醒自己，在特別疲倦的時候，越是要全神貫注地好好吃一頓飯。一頓飯的時間，慢慢嚼食，好好滋養你，讓好的食物，充滿能量與力氣地抵達你身體裡頭，成為你的一部分。

也會開始分辨，什麼樣的食物吃完覺得精神充滿，什麼樣的食物吃完反而讓你感覺沮喪疲倦。

三、刻意暫離通訊軟體

這個建議或許太老派了，於是後頭加一句，遠離通訊軟體，是因為五感生活在外頭等你。沉浸式體驗（immersive experience）已成熱詞，我一直覺得，我們在日常生活裡，也能為自己創造這樣的時間與空間，放大感官體驗。

從手機的平面世界裡跳離出來，放一首你精選的黑膠，燒一壺你滿意的熱茶，點一盞你迷戀的蠟燭，翻一本你喜愛的藏書或漫畫，替自己掀開摺疊，撐開一個更立體的世界。

你可能會留意到自己另種感官維度的敏銳，並且眼睛大概會感謝你，它終於能暫時罷工片刻。

四、大口呼吸吐氣三到五個回合

煩躁的時候，呼吸就是自救辦法，是最高效的暫離現場，以及重新設定，再回現場。吸氣，吐氣，吸氣，吐氣，吸氣，吐氣，至少做三到五個回合。有時候做完，回到當下，我會想，咦，我剛剛到底在生氣或可惜什麼呢？

五、允許自己毫無作為，沒有目標

這個練習，對工作狂好重要。不然我們的人生，經常是加速再加速，衝刺再衝刺，高標再高標，沒有達標心情就低落到不行。這個道理是，有時候要提醒自己，只是活著已經很好，只是呼吸已經不得了。

沒有需要去拿什麼獎章，奪什麼冠軍，來證明自己活得很好。

六、曬太陽，即便只有十分鐘

曬太陽近乎魔法，有一研究說，曬太陽能激發細胞活力，增強免疫，改善睡眠品質，人也慢老。而我純粹喜歡，陽光打在身體上的溫熱，讓人感覺到生命正被祝福著。心煩意亂的時候，去曬太陽，然後試著從太陽俯瞰的角度，看一看小小的自己，再看一看自己的狀態，與自己擁有的許多許多。

七、學習水的流動，臣服於發生

人能跟自然學習許多，尤其想學習水與萬物相處的狀態——互動交手，水流從不企求改變對方，而是優先調整自己，以應任何千變萬化。因此，水幾乎能跟所有萬物相處，其實那也是臣服，能夠調整的人，是最大的。

八、專注與所愛相處，並且心中感謝

我是貓派，所以需要時候，我經常跟家貓黏在一塊兒。一整日會議結束，衝到房間，聞聞家貓的眉心，戳戳家貓的臉頰，覺得能有所愛真好，覺得能被愛著真好，心裡感謝漫天漫地，因而發現，很多時候幸福感，不是來自於其他外物，便是來自心有感謝，是更向內的事情。

若是狗派，就抱狗狗。若無寵物，就去抱抱身邊愛人家人，心無旁騖地與你的所愛，說上一陣子的話。

其實有時候工作也是，給工作公允評價，它也是所愛，給了我們無畏的行進感。

九、想像自己是一棵樹那樣地，拉伸脊椎

偶爾工作一整天，會覺得胸口悶，心口難開。固然可能是事務繁多，壓力喘不過氣，不過也可能更是，坐姿本身就有待調整，以至於空氣進不來。此時，想像頭頂有光，自己是一顆樹，或是一根小樹苗，像要朝著光處前進，爭取光的留心，那樣拉伸自己的脊椎，自然而然地，也會把脊椎拉直與心口張開。

十、記得跟自己玩

長保玩心，即便最忙碌的時候。「Work hard yet have fun.」如果不好玩，那又何必呢，對不對？用好奇的眼光，全新的角度，去重新找到手邊事物的好玩之處，也是我有時會跟自己玩的遊戲。那之中，練的也是從既有的思維跳脫出來，去轉念，去找到好玩。

有時也會有刻意的限制練習——如果不能用常用的方法，要怎麼做呢？有時會有思考模擬——如果是誰的話，他會怎麼做呢？有時也會有反向角度——如果完全反著來做，會發生什麼事呢？最壞的結果能夠承擔嗎？

用上述問句，慢慢地讓各種必須，成為自己創造的有趣。

以上是過去累積，我曾列給自己的提案。休息不僅有睡眠一途，還有許多補氣的可能性，鼓勵你也開始列下你自己的，基於對自己的理解，去創造，去發明。

而既然是工作狂嘛，起步時，請考慮把照顧自己當成一個專案。既然能把手邊專案如期如質地推進，那麼我相信照顧自己，肯定難不倒你。或許這可能是我們人生中，最重要的一個專案也說不定哦。

到了後續，真正重要的也並不是一一完成待辦事項，待辦不必多，其實你喜歡就好；而照顧自己是還真是一件沒有終點，甚至不必老是立目標的事情。

至於你嚮往的生活，總是任性一點地好。

春分，一年四季，二十四節氣，

接力循環，這次換你開始了。

後記 萬物眾生

生活不總是玫瑰，人心也有自己修羅，常常感覺，世事多煩惱，起因我們視角總是在自己以外，未曾處理體內的戰爭，於是這本小書，意在攤開，以日記筆法，把鍛鍊過程給留下來。

此書寫成，洋洋灑灑，超過三年，是我作為一個瑜伽初心者兼工作狂重症，週週做瑜伽練習的收穫，野人獻曝那樣地、規律地全數記下來。尋常體會中有靈機一動，寫在瑜伽課堂後，午間，步出教室，尋處有樹蔭的路邊長凳，陽光穿過綠葉，灑在身上照拂安慰，理解時間也是祝福，帶著祝福心意去寫。

階段各有體會，季節各異關心，我在瑜伽練習之中多有變化，在每一次的練習，感受微小而確實的變化，在時間裡頭經歷與生成，就像柏油路底下閃光的玻璃碎片。

瑜伽練習，即是休息時分——休息原來有很多種，放下是休息，鍛鍊也是，跟自己的身體休兵停戰更是。瑜伽的世界比二分開闊，既為我撐開生活餘裕，張羅日子該有的從容，也讓我明白總有些地方，即便艱難，即便不能，也要試著去清理。

遂感覺，人在四時裡頭生活，二十四節氣中逐日養成。於是給此書起名《四時瑜伽——一個工作狂的休息筆記》。翻開書頁，閉上眼睛，又回到那樹蔭下，陽光照耀的座位上。

記得首本書《如果理想生活還在半路》出版，許多人問我怎麼忙得過來，工作有新職位新計畫，還有自己的寫作要孵，也有人問是否休業寫書。其實我相信，越是忙碌的時候，越是要休息，越是懂得休息，越是能心無旁騖地忙碌。它們或許不是天秤兩端，而是各為人的表裡，是你的A面與B面。

特別忙的時候，我勤做瑜伽，此書也可看作課後筆記，請傳下去給蹺課或缺課的工作狂同學們。此書推薦慢讀，搭配喜歡音樂，也可穿插在工作半途，給自己補補氣。總編貝莉說，配讀此小書，她聽的可是英搖天團The Smiths。

工作狂是身分認同，改不了，更想為喜愛的工作，活得更好一點，那我們也有機會，改寫工作狂一詞——說穿了，我們不過是認真創造的一群人，學著也去創造自己。

這本書可說是由三位工作狂孵出來的——感謝總編貝莉，接收宇宙感應，讓此書有形有體；插畫兼設計莫莉，賜了這本書靈活骨架，屢屢生出我們讚嘆不已的靈感；我們三個全是巨蟹座，也把療癒之力統統注入此書。也謝謝各路編輯企劃，梳整此書骨肉精神，讓此書能誕生問世，自此有自己身世。

該謝的人數不勝數，謝謝所有見證此書生成的人，尤其瑜伽老師A，是一切起源，帶領同學們經驗各種變化，我們的生命因為與你相遇而變得更好；謝謝與眾生萬物，同在此時此刻，我們肯定是獲得許多支持，而能自立於世上。

也謝謝你選擇了這本書。

You are exactly where you need to be, you are at the present.

Lohas 002
四時瑜伽：一個工作狂的休息筆記

作者　柯采岑
裝幀設計　mollychang.cagw.
編輯　李映青
校稿　林芝
插畫　mollychang.cagw.
行銷企劃　黃禹舜
營業專員　蔡易書
總編輯　賀郁文

出版發行　重版文化整合事業股份有限公司
臉書專頁　https://www.facebook.com/readdpublishing
連絡信箱　service@readdpublishing.com

總經銷　聯合發行股份有限公司
地址　新北市新店區寶橋路235巷6弄6號2樓
電話　（02）2917-8022　傳真　（02）2915-6275

法律顧問　李柏洋
印製　凱林印刷股份有限公司
裝訂　同一裝訂股份有限公司

一版1刷2022年03月　2刷2022年09月
定價　新台幣420元

國家圖書館出版品預行編目（CIP）資料
四時瑜伽：一個工作狂的休息筆記/柯采岑作.
-- 一版. -- [臺北市]：重版文化整合事業股份有限公司，2022.03
256面；12.7×19公分. --（Lohas；2）
ISBN 978-626-95485-6-9（平裝）
863.55　111003413